No em ratllis

Flavia Company

Il·lustracions de Luci Gutiérrez

cruïlla

Als meus nebots Tomás, Lola, Mateo i Olivia
A Inma Ibáñez, sempre cada dia

«Els límits del meu llenguatge signifiquen
els límits del meu món.»

Tractatus Logico-Philosophicus, Ludwig Wittgenstein

1
Rivals eterns

Afluixar la mosca: desembutxacar diners.

Es podria dir que en Carles i en Marcel eren enemics, però no seria exacte. Més aviat s'hauria de dir que eren rivals, o sigui que competien. Anaven al mateix institut, el Fanals, a la mateixa classe, i eren veïns d'escala.

En Carles tenia una mosca ensinistrada. La portava sempre darrere l'orella. De tant en tant la deixava sortir, per exemple enmig de la classe de matemàtiques, amb la consegüent irritació de la professora, que intentava aixafar-la amb el llibre que duia a la mà, i amb el consegüent atac de riure de tots els companys. Era un èxit assegurat.

En Marcel tenia una sargantana, també ensinistrada. L'especialitat de l'animaló era crear el caos a la classe de gimnàs, on el professor, cada cop que la bestiola treia el nas, l'encalçava en va.

Tothom a l'institut els admirava i, de vegades, hi havia votacions per saber quin dels dos era més popular. Sempre empataven. Per això un matí que sortien alhora de l'edifici on vivien, en Carles es va acostar a en Marcel i el va reptar: «Avui, a la sortida de classe, la teva mascota contra la meva. Aposto cent euros que us guanyem.»

Les set de la tarda. En Carles i en Marcel van entrar quan el gimnàs estava de gom a gom. Hi havia una expectació creixent, un silenci tens. Al mig de la pista de bàsquet, l'un i l'altre amb un puny tancat i, a dins, la mosca i la sargantana.

«Afluixa la sargantana», va dir en Carles. «Primer **afluixa tu la mosca**», va cridar en Marcel. Els companys aplaudien, xiulaven, picaven de peus a terra. «Ni parlar-ne», va dir en Carles. I va girar cua per marxar. Quan va arribar a la porta, tots van veure que ja tornava a portar la mosca darrere l'orella.

2
Estratègies fallides

Agafar la mona: emborratxar-se.

La Maria no hi volia anar, però els pares l'hi van obligar. «Aprèn del teu germà, que és més petit que tu i no es queixa», va dir el seu pare. No hi havia cosa que li fes més ràbia! Que li posessin d'exemple el pilota del Jordi, que es passava els dies contestant a tot «sí, mama; sí, papa». Era un repel·lent. «Però per què no em podeu deixar anar de càmping a Menorca amb els de la classe?», va insistir la Maria. «Perquè he dit que no i és que no», la va tallar en sec la seva mare. «I s'ha acabat la discussió». Al Brasil, doncs. A Rio de Janeiro.

Hi havien arribat feia tres dies i la Maria se'ls havia passat penjada del WhatsApp, parlant amb la Roxana per saber com anava pel càmping i si el Toni sortia amb algú. S'ho estaven passant genial, és clar. La mare, cansada de veure-la amb el mòbil a la mà tot el dia, l'hi va confiscar. «Prou de mòbil, nena, que sembles ximple.» La Maria no s'ho podia creure. Allò ja era crueltat.

Sense mòbil ni cap altre entreteniment, no li va quedar més remei que mirar al seu voltant. Eren en una mena de selva al costat del mar. Els arbres estaven plens d'uns micos que feien salts i piruetes extraordinàries. En un d'aquells vols increïbles per passar d'un arbre a l'altre, un dels micos va robar la bossa de la seva mare. «Ui, ui, ui!», va cridar la mare, «ui, ui, ui, que a la bossa ho portem tot! Família, ràpid, l'hem d'atrapar.» Llavors el mico es va anar a plantar a l'espatlla de la Maria. «Nena, no et moguis. Tu **agafa la mona** i jo agafaré la bossa, d'acord?» La mare se li acostava a poc a poc. La Maria va pensar que, sense diners ni targetes de crèdit ni documents, haurien de tornar a casa, o sigui que es va posar a caminar i l'animal va fugir. De seguida el van perdre de vista. Llavors la Maria va preguntar, alarmada: «Hi duies el meu mòbil?»

3
Canvi d'habitació

Aguantar la paret: esperar, algú, el nòvio o la nòvia al carrer.

A cap del sis germans de l'Alba no els havia agradat aquella casa de tres plantes, vella i atrotinada, que havien comprat els pares. Pensaven que estaria plena de fantasmes. L'Alba, en canvi, no creia en fantasmes i estava entusiasmada perquè finalment tindria una habitació per a ella sola.

El primer cop va ser a la tarda, mentre estudiava, i va pensar que eren crits dels germans o de la tele. La segona vegada estava a punt de quedar-se adormida i va ser un suau xiuxiueig. Va intentar no fer-ne cas. La tercera vegada ja no en va tenir cap dubte, perquè la va cridar pel nom. Era un diumenge al matí, quan encara era al llit: «Hola, Alba, no t'espantis, sóc la paret.» La paret? Com podia ser la paret? S'estava tornant boja? Es va posar a escoltar música a tot volum amb els auriculars. Però la paret ho va tornar a intentar al vespre. «Fa segles que no aconsegueixo que ningú em senti. Tu sí que pots. És un miracle.» L'Alba no gosava moure's. Va tenir clar, però, que no tenia ganes de sentir parlar una paret, de manera que, tot i que li resultava estrany adreçar-s'hi, li va contestar: «No vull que em parlis, o sigui que fes el favor de callar.» La paret, però, no va obeir, i cada dia, fos l'hora que fos, mentre l'Alba era a l'habitació, li llegia trossos d'avorrits llibres d'història o de geografia.

Els pares es van sorprendre molt quan l'Alba els va demanar de tornar a compartir habitació, i més encara quan els va dir que era perquè no tenia ganes d'**aguantar la paret**. L'únic que ho va entendre va ser el seu germà Joan, que, somrient, va saber que ara seria ell qui es quedaria amb l'habitació de l'Alba. El sistema d'altaveus del seu joc d'espies havia funcionat a la perfecció.

4
Personalment

Aixafar la guitarra: desbaratar els plans.

Havien fet una maqueta que corria de mà en mà per l'institut. Tothom els coneixia i els admirava. Havien acabat el batxillerat feia un parell d'anys i ja havien aconseguit tocar amb èxit en un parell de locals a Barcelona. Eren molt bons. O això és el que pensava la Lola, fan del grup i, sobretot, del seu guapíssim guitarrista, en Pol. Dia rere dia li deixava comentaris al Facebook, que ell mai no contestava. Per fi, però, va passar el que la Lola sempre havia somniat. En Pol la va convidar, personalment, al concert que feia a la sala TTX. Li deia, a més a més, que l'esperava després de l'actuació al camerino per signar-li una fotografia, personalment.

La Lola es va passar hores decidint com es vestiria. Va anar de poc que no fes tard. Quan va arribar a les portes de la TTX es va fixar amb preocupació que uns quants nois i noies portaven imprès el mateix tipus d'entrada que ella, la que en Pol li havia fet arribar, personalment, via Facebook. Tan bon punt va començar l'actuació, però, se'n va oblidar.

La Lola va gaudir del concert, és clar, i es va quedar afònica cantant totes les cançons, però el cert és que es va passar l'estona amb ganes que s'acabés per poder visitar en Pol a soles. Quan va arribar el moment, li tremolaven fins i tot les celles. La cua que hi havia a la porta del camerino era quilomètrica. I tothom havia estat convidat tan personalment com ella. La Lola, furiosa, va avançar trepitjant peus i cames, empenyent cossos i caps i gairebé mossegant colls i cares. Quan estava a punt d'entrar es va obrir la porta. Va caure a sobre d'en Pol que, havent perdut l'equilibri, també va caure, però a sobre de la seva emblemàtica guitarra. La Lola es va aixecar i va dir: «Bé, ara jo també **t'he aixafat la guitarra**. Personalment.»

5
Un dinar compromès

Amagar l'ou: enganyar algú.

El primer cop que la família de la Clara el va convidar a dinar, en Robert es va posar, en aquest ordre, content, nerviós, ansiós, histèric. Volia caure bé als pares i als germans de la Clara, volia demostrar que ella havia tingut raons de pes per triar-lo i que es mereixia la confiança que necessitaven perquè els deixessin marxar tots dos sols un cap de setmana.

«Diumenge a les dues, eh?», li va dir la Clara divendres quan van sortir de l'institut. «Hi seré», va confirmar ell.

Se li va fer un pèl tard, perquè es va canviar de roba més cops dels previstos, però no se'n va adonar ningú, excepte la Clara, que l'esperava darrere la finestra. «Ja era hora», li va dir en obrir-li la porta. Fetes les presentacions, van seure a taula. Hi faltava el pare de la Clara. Havia hagut de sortir per una urgència; era metge.

Si hi havia alguna cosa de menjar que el Robert no tolerava, eren els ous durs. Se li encallaven a la gola i no hi havia manera, o sigui que en veure que el primer plat era un ou dur amb una salsa molt especial de no se sabia quines espècies turques, va pensar que, si no ho evitava, moriria ofegat després del primer mos. Com que no s'atrevia a dir que no suportava aquell menjar, havia de pensar alguna estratègia. La cadira que tenia al costat estava buida. No seria tan complicat, en un moment de distracció, **amagar l'ou** al seient. I així ho va fer.

I tot hauria anat bé si no fos que, durant el segon plat, va arribar el pare de la Clara. «He pogut escapolir-me per venir a dinar amb vosaltres», va dir i va anar directe cap a la cadira on hi havia l'ou amb salsa. El Robert dubtava entre deixar-lo seure o tocar el dos. Finalment i sense que ho pogués impedir, el pare de la Clara s'hi va asseure.

6

La fugida

Anar amb peus de plom: actuar amb prudència, reflexionant el que es fa.

De nit, quan la sala de dibuix de l'Escola d'Arts quedava a les fosques, les figures que servien de model comentaven la jornada de feina. Primer parlaven dels alumnes, dels que les havien copiat bé i dels que havien fet dibuixos que semblaven caricatures, dels que s'havien passat l'estona xerrant, dels que havien faltat, dels que s'havien enamorat i dels que es burlaven dels professors. I després, durant les llargues hores de solitud nocturna, es dedicaven a recordar els personatges que havien estat abans de convertir-se en escultures. La princesa de coure enyorava el seu palau; el gos de bronze trobava a faltar el seu amo; la flor de plata sospirava per ser en un jardí; l'ocell d'or es lamentava de no poder volar perquè li pesaven les ales; la lluna de fusta i el sol de ferro es barallaven. I el soldat de plom somiava fugir amb la princesa de coure.

Un dia va passar un fet excepcional: el bidell del torn de nit, en rebre una trucada al mòbil, es va descuidar de tancar la porta. El soldat de plom va veure la seva gran oportunitat. Es va acostar lentament a la princesa de coure i li va dir: «Princesa, ja fa temps que vivim empresonats entre aquestes quatre parets. Si tu volguessis, podríem marxar plegats a buscar un palau per a tu i un camp de batalla per a mi.» La princesa de coure se'l va mirar amb menyspreu, va aixecar les celles, va arronsar les espatlles diminutes, que van brillar sota el reflex de la lluna que entrava per les finestres, i va respondre: «Encara que acceptés marxar amb tu, petit soldat de plom, com vols que ho fem, sense cavalls?» «Princesa», va exclamar aleshores ell, «**anant amb peus de plom** s'arriba més lluny que amb cap altre transport.» Van fugir davant dels ulls admirats de tots els altres, que no els van tornar a veure mai més.

7
Un somni

Anar-se'n a l'altre món: morir.

Els experiments que feien a la classe de química solien ser entretinguts, però en Francesc aspirava a alguna cosa més. El que ell volia era fer un descobriment important que deixés bocabadats els científics de tot el món.

Feia temps que investigava. Va ensopegar amb la solució gràcies a l'article d'una revista especialitzada. Es va empescar la manera d'aconseguir una còpia de les claus del laboratori de l'institut i s'hi va passar un parell de mesos fent provatures. Quan va estar convençut que havia trobat la fórmula esperada, va demanar als seus dos millors amics que es quedessin amb ell aquella nit.

Un cop es va fer fosc i es van veure sols a l'edifici, van entrar al laboratori. Era estrany que estigués buit, net i ordenat, i que no hi hagués de fons els crits del professor donant-los instruccions. Abans de passar a l'acció, en Francesc va explicar als altres el que havia llegit a la revista *Investigació i Ciència*. Estava comprovat que hi havia una altra dimensió, una realitat paral·lela. Els altres el miraven amb cara de no entendre massa res i un d'ells va replicar: «Vols dir un joc d'Internet que fan els meus pares que es diu Second Life o alguna cosa que s'assembla. Jo passo.» «Que no, que no», va dir en Francesc, «això va de debò: hi ha una altra vida. He preparat uns combinats químics que ens hi portaran. Ens desintegrarem aquí i apareixerem allà. I quan tornem ens plouran les ofertes, sortirem a la tele, ens farem famosos, la gent fliparà amb el nostre viatge.» Sonava temptador.

Un darrere l'altre es van prendre l'invent líquid d'en Francesc. Es van agafar les mans. Se'ls tancaven els ulls. «Tios, agafeu-vos fort», va dir en Francesc, **«ens en anem a l'altre món.»**

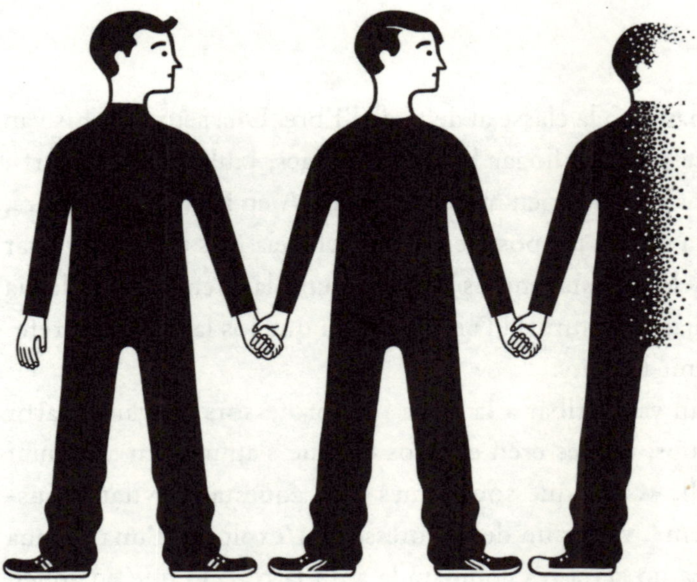

8
La setmana de vacances

Baixar del burro: abandonar una actitud o una opinió mantingudes tossudament.

Van anar amb la classe al delta de l'Ebre. Una setmana. Els van dir que podrien llogar bicicletes, caiacs, taules de windsurf i que fins i tot podrien muntar a cavall. A en Ferran i a la Clara, aquesta última proposta era la que els feia més il·lusió. D'anar en bicicleta n'estaven fins al capdamunt (la feien servir cada dia per pujar a l'institut) i l'aigua, encara que fos la del mar, preferien tenir-la lluny.

Quan van arribar a la Cava i els professors els van repartir per grups, només eren ells dos els que s'apuntaven a muntar a cavall. «Com que sou només dos, aquesta activitat la suspendrem», va dir un dels professors. L'explosió d'una bomba atòmica no seria res comparada amb la reacció que en aquell moment va tenir en Ferran. Va dir que la Clara i ell tenien el mateix dret que els altres a escollir el que volien fer, que si la Clara i ell havien viatjat fins allà era precisament perquè hi havia aquella opció, que no acceptarien rebaixes i que no canviarien d'opinió. Davant la insistència tenaç d'en Ferran, que tots coneixien molt bé d'altres vegades que havia defensat el seu parer, els professors van haver de cedir. D'acord, un d'ells els acompanyaria fins a l'estable que els havien recomanat.

El problema va ser que a l'estable, de cavalls, no n'hi havia ni un. Només hi havia ases. La Clara i en Ferran van decidir muntar-hi igualment. Tan bon punt els van tenir a sobre, els ases, espantats, van iniciar una carrera endimoniada cap a la platja, on tots els altres companys es disposaven a fer les activitats nàutiques. La Clara i en Ferran cridaven: «Que algú els aturi, volem baixar, atureu-los!» I un dels professors va dir: «És la primera vegada que veig que en Ferran vol **baixar del burro.**»

9
Un enamorat ben net

Besar la terra que trepitja: venerar algú.

L'Ot era més aviat aprensiu, hipocondríac, obsessiu i maniàtic, característiques que potser havia heretat de la seva tieta, una dona extremadament ordenada, organitzada i eficient, famosa pels insòlits però perfectes documents Excel que feia per controlar totes les facetes de la seva vida.

La qüestió és que l'Ot s'havia enamorat irremissiblement d'una espècie de deessa que anava un curs per sobre d'ell i que no s'havia dignat a mirar-lo ni una sola vegada, tot i que ell havia intentat cridar la seva atenció en més d'una oportunitat. A la fi havia decidit tirar pel dret i fer una declaració dels seus sentiments mitjançant un sistema tan insòlit, però potser no tan perfecte, com els documents Excel de la seva tieta.

I ara veiem l'Ot en una botiga de plantes. Per comprar flors? No. Per comprar un sac de terra. I ara veiem l'Ot que se'n va cap a casa seva, que entra al lavabo, que buida el sac de terra a la banyera, que prèviament ha tapat perquè no se n'escapi l'aigua, que la mulla i hi posa sabó de rentar la roba, que després ho remena tot ben remenat i que, finalment, agafa grapats de terra humida per tornar-la a dins del sac.

Per què l'Ot fa tot això? Surt de casa amb el sac a l'esquena, va fins a l'edifici on viu la seva deessa, toca el timbre i li diu que l'espera al carrer. Ella, estranyada, li assegura que baixa de seguida. I quan la té al davant, l'Ot llença tota la terra als seus peus i declara: «Sóc capaç de **besar la terra que trepitges**. Posa'm a prova», mentre pensa que, segur que un cop rentada com l'ha rentat, no li pot contagiar cap malaltia. I la Gabriela, la deessa, trepitja la terra amb els peus descalços, emocionada, i ofereix a l'Ot uns anissos que duu a la butxaca. La resta és història i l'explicaran els seus néts.

10

Tu me'ls bufes a mi i jo te'ls bufo a tu

Bufar-se els dits: tenir molt de fred.

Eren les set tocades. La Maria i la Lola tenien pressa. Havien quedat amb en Ferran i l'Ot a dos quarts de vuit. Eren a l'habitació de la Maria, descalces, assegudes al llit, mirant el rellotge com si el poguessin aturar.

–La idea ha estat teva, què vols que et digui, jo –va dir la Maria. I va bufar.

–A tu també t'ha semblat bona –es va queixar la Lola. I va bufar.

–Arribarem amb la pel·li començada –va dir la Maria. I va bufar.

–És preciós aquest color blau nit, oi? –va comentar la Lola. I va bufar.

–Estaríem millor sense pintar i de camí cap al cinema –va dir la Maria. I va bufar.

–Vols dir que això de bufar serveix de res? –va preguntar la Lola. I va bufar.

–Tu segueix i tingues paciència –va recomanar la Maria. I va bufar.

–Potser millor amb l'assecador –va proposar la Lola. I va bufar.

–Se'm va cremar la setmana passada i la meva mare no em deixa el seu –va informar la Maria. I va bufar.– I per cert, quan descobreixi que li hem pispat el pintaungles Chanel i que l'hi hem gastat, em crucifica –va seguir bufant.

–No cal que se n'assabenti –va dir la Lola. I va bufar.– Tu creus que les ungles dels peus tarden més que les de les mans? –va seguir bufant.

–Tant se val, haurem d'esperar que s'assequin totes –va opinar la Maria. I va bufar.

Quan la mare va entrar a l'habitació i va veure la Maria i la Lola **bufant-se els dits** de les mans i dels peus l'una a l'altra no va entendre res fins que no va desviar la mirada i no va descobrir, a sobre de la tauleta de nit, el seu esmalt d'ungles preferit. Eren dos quarts de vuit.

11
Final del dia

Buidar-se el cap: preocupar-se.

Quan va arribar la nit de dissabte, l'Aina estava esgotada. Hauria preferit la mort, si hagués estat una possibilitat.

La maleïda nena l'havia tret de polleguera amb els seus capricis, plors, crits i empipaments. Gairebé li havia arrancat un braç. Li havia estirat els cabells i li havia mossegat la mà.

Havien pujat a la bicicleta, a l'autobús, al metro, al cotxe. Havien anat al parc infantil i a un espectacle d'uns titelles que l'Aina havia conegut a la botiga de joguines on va passar una bona temporada.

Havien berenat i l'havia empastifat amb xocolata, amb sucre, amb cereals. Havien cantat, ballat, saltat a corda. A última hora del dia, l'Aina va estar a punt de morir ofegada, en el moment del bany. Per fi havia arribat l'hora d'anar a dormir. L'aspecte de l'Aina era deplorable, i el de la nena, una meravella.

El que més indignava l'Aina és que els pares no fessin mai cap retret a la filla, que no li diguessin que el seu comportament no era l'adequat. Òbviament, ella no l'hi podia dir. Si algun dia es decidia a parlar, es muntaria un autèntic escàndol. I no només pel que diria de la nena.

El pitjor d'aquell dissabte, no obstant, havia estat que la nena li tragués el cap i l'hi omplís de caramels i bombons per menjar-se'ls d'amagat dels pares i els germans quan li vingués de gust. L'Aina, ja sola al prestatge on la deixaven de nit, es va veure en la dolorosa i humiliant necessitat de treure-se'l de nou per **buidar-se'l.**

12
L'encanteri

Bullir la sang: estar indignat, irritat, enrabiat.

La Clara va anar un cap de setmana amb els pares a la casa de poble on havien viscut els seus besavis. La família la volia vendre. Dissabte al matí, quan tots els membres dels Castells discutien de quina manera organitzar la venda, la Clara va pujar a les golfes, on va trobar un llibre de bruixeria. Es tractava d'un volum vell, gruixut i atrotinat, vés a saber de quina època, però a la Clara li va fer recordar que la seva àvia sempre explicava que, a la família, hi havia hagut unes quantes bruixes. No es va poder estar d'emportar-se'l a Barcelona per ensenyar-lo a les seves amigues, la Maria i la Lola, que es van entusiasmar en veure'l i van voler posar a prova algun d'aquells encanteris.

–Podem fer que el Toni s'enamori de la Maria! –va cridar la Lola, emocionada.

Van buscar a l'apartat d'amor i enamorament. Necessitaven quatre anques de granota, cinc pèls de rata, una dent de tauró, una ungla de gos blanc, un cor de xai, romaní, farigola, tres grans de pebre i sang de porc. El conjur s'havia de fer de nit, amb lluna plena. Van mirar el calendari. Al cap de deu dies seria el moment.

Reunides a la platja, quan ja era fosc, van fer un foc, hi van posar l'olla i, a dins, tots els ingredients. Remenaven amb una cullera de pal que havia hagut d'estar tres dies tancada en una gossera i, mortes de riure, van dir la paraula màgica: «escatastramustasus!»

–I fins quan hem de remenar? –va preguntar la Lola.

–Fins a fer **bullir la sang** –va respondre la Clara.

–Ara comença a bullir –va observar la Maria–. Buf, quina pudor! –va afegir. I, aleshores, li va sonar el mòbil.

13
El friqui de la classe

Buscar les puces: molestar.

En Max queia bé a tothom. Més encara, els de tercer A estaven encantats que fos al seu grup. Era divertit, generós, respectava els companys i ajudava sempre que podia. A més a més, sabia com treure de polleguera els professors i mai de mai no els feia la pilota. El problema d'en Max era, per dir-ho ras i curt, que era un friqui amb temporades. N'hi havia de calmades, on gairebé ningú s'assabentava quina era la dèria del moment, però n'hi havia d'altres de públiques i notòries, com per exemple aquell mes que li va pegar per anar a l'institut amb una petita gàbia on transportava les cinc puces que li havia regalat una veïna (de ben segur tan friqui com ell) de qui estava enamorat.

En Max era feliç amb les puces i fins i tot els havia posat noms: es deien Ka, Ke, Ki, Ko i Ku. A l'hora de l'esbarjo les deixava a l'aula. Deia que el xivarri del pati les alterava i que això els podia escurçar la vida.

Un dia, en tornar de l'esbarjo, la porta de la gàbia estava oberta. La Ka i la Ku havien desaparegut. Un drama. En Max estava desolat. Les cridava: «Kaaaaaaaaaaaaaa, Kuuuuuuuuuuuuuuuu, on sou? Torneu!» Al seu voltant, tothom es rascava sense parar, pensant que les podia tenir a sobre. I en Max els retreia: «No us adoneu que les podríeu ferir amb un cop? O pitjor encara, matar-les? Mireu bé on trepitgeu, on seieu!»

L'havien d'ajudar a **buscar les puces**. Per fi van trobar la Ka i la Ku, sí (ningú no entenia com en Max era capaç de reconeixe-les), però no només a elles: per l'institut en pul·lulaven unes quantes més a les quals en Max, hospitalari i comprensiu, també va oferir una llar. Eren vint-i-cinc i el problema, ara, era trobar-los nom.

14
Últims minuts de vida

Buscar una agulla en un paller: buscar una cosa gairebé impossible de trobar, perdre el temps.

La pallissa del Jason Martius és caòtica. I és que no només hi ha palla, sinó també tot tipus d'andròmines pensades perquè qui hi entri caigui a les moltes trampes que el sotgen.

La Clara i en Ferran es miren aterrits. La missió que han de dur a terme els sembla impossible. Han aconseguit els plànols de la casa i van armats. El dia anterior l'havien passat amagats a la gasolinera de la cantonada. Si en deu minuts no troben el que busquen, moriran a mans del grup Xexé. La Clara suggereix que el millor seria fugir. En Ferran s'hi nega, al·lega que haurien de retrocedir massa i que probablement no sabrien com tornar. No es posen d'acord. Estan excitats i impacients. Senten sorolls. Miren cap a la porta. L'enrenou que hi ha al darrere no permet cap dubte: se'ls acaba el temps. Els suen les mans, tenen taquicàrdia, se'ls asseca la gola. Estan a punt de perdre-ho tot. Tot el que tants de dies i tant d'esforç els ha costat d'obtenir.

En Ferran diu que és absurd que els creadors creguin que es pot trobar una agulla en un paller, i menys encara en un lloc com aquell, tan fosc i ple de coses absurdes. La Clara diu que el millor serà trucar a l'Ot i preguntar-li on és l'agulla. «Això mai», diu el Ferran, «abans prefereixo tornar a començar.»

Cops a la porta. La mare d'en Ferran treu el cap i pregunta si es pot saber què fan allà tots dos tancats tanta estona i gairebé a les fosques. En Ferran contesta que **busquen una agulla en un paller**. Aleshores la mare se'ls mira, remena el cap i diu: «Tenint com teniu el carrer a dues passes, de debò que no entenc que estigueu enganxats a la maleïda videoconsola.»

15
L'actuació

Cantar com una calàndria: cantar molt bé.

La Maria volia ser dramaturga i havia escrit una obra. La seva primera obra. Quatre dels seus companys (la Lola, l'Ot, en Ferran i en Guillem), s'havien ofert per representar-la a final de curs. El paper més insignificant li havia tocat a en Guillem, però ell no estava pas ofès ni preocupat, sobretot perquè allò significava que no hauria d'estudiar res de memòria. Només hauria de sortir un parell de minuts, disfressat, gairebé al final de tot. Com deia ell rient, a l'hora dels aplaudiments.

La poca dificultat de la seva intervenció va fer que en Guillem se saltés tots els assajos i que els altres l'hi permetessin, entre altres raons perquè sabien que anava més fluix en els estudis i que necessitava més temps per preparar els exàmens finals.

El dia de l'estrena estaven nerviosos. El teatre on es representava l'obra estava de gom a gom i, per postres, els havien avisat que a primera fila hi havia un parell de crítics teatrals, dels diaris més importants de la ciutat, amics del professor de literatura, que els havia convençut perquè hi anessin. Allò podia ser una gran oportunitat per a la Maria, com a autora, i per a la Lola, que volia ser actriu.

L'obra es va desenvolupar sense cap entrebanc. Tots havien fet bé el seu paper. El públic havia seguit la història amb autèntic interès. I llavors va sortir en Guillem, vestit d'ocell, i es va quedar en silenci. Un silenci llarg i inesperat. Els seus companys, també a l'escenari, el miraven amb desesperació. Què esperava? Només havia de deixar anar el cant de l'ocell. Però en Guillem no va dir ni piu. Finalment va sospirar, es va treure la careta i va cridar: «Perdoneu però, ara que hi penso, m'adono que no tinc ni idea de xiular ni de **cantar com una calàndria**. Què he de fer?»

16
No tan idèntiques

Canviar de camisa: canviar d'idees, d'actitud o de partit segons la pròpia conveniència.

La Camil·la i la Patrícia eren idèntiques, i ni tan sols els seus pares podien distingir-les. Aquella similitud gairebé inversemblant havia portat a les bessones grans problemes però, també, grans avantatges. Per exemple, quan els pares les castigaven, es repartien els càstigs. Si es tractava de no sortir un cap de setmana, feien torns, i una sortia dissabte i l'altra, diumenge. O de més petites, quan les deixaven sense postres, se les repartien i els pares pensaven que era sempre la mateixa la que se les menjava.

Aquell dia, però, havien arribat al màxim de la gosadia. La Camil·la era molt bona en literatura i la Patrícia ho era en matemàtiques. Tenien l'examen final de literatura i s'hi jugaven tot el curs. Estava decidit: la Camil·la faria els exàmens de les dues. (Més endavant, la Patrícia faria els dos de matemàtiques.)

Anaven a classes diferents: això era bo. El problema era que el grup A, el de la Camil·la, feia l'examen de literatura a la mateixa hora que el grup B, el de la Patrícia. Solució: la Camil-la hauria de fer els exàmens en la meitat de temps. I haurien de demanar, exactament a la mateixa hora, per anar al lavabo i canviar-se l'una per l'altra.

I així ho van fer. Van quedar que, tot just a dos quarts, sol-licitarien permís per anar al lavabo per fer l'intercanvi.

Després de la prova tenien l'esbarjo. Van sortir amb l'agradable sensació d'haver triomfat, d'haver vençut els obstacles. Tot havia anat a la perfecció. Es van quedar glaçades quan una de les dues professores de literatura que les havien examinades els va dir: «És curiós, avui és el primer dia que no aneu vestides igual. Potser us hauríeu d'**haver canviat de camisa** quan heu sortit al lavabo a mig examen, oi?»

17 Dinar de família

Canviar l'aigua de les olives: orinar.

La Patrícia i la Camil·la, que encara no havien après el que eren els escrúpols, tenien molt clar que els seus objectius havien de ser assolits a qualsevol preu. Que aquell diumenge fos l'aniversari de l'extravagant tieta Teresina no era pas culpa d'elles. No tenien cap intenció de formar part del dinar de família que se celebrava, entre altres raons perquè no entenien de cap manera que algú volgués celebrar que feia seixanta anys! Com es podia alegrar ningú de convertir-se en una mòmia? Consideraven una injustícia que, per culpa d'aquella absurda reunió, elles haguessin de renunciar a la tarda que des de feia tant de temps tenien pensada: anar a patinar sobre gel amb en Guillem i en Max.

Van parlar amb en Francesc, el més llest de la classe (tot i que havia estat a punt de dinyar-la juntament amb dos companys

després d'empassar-se un compost químic de la seva invenció per arribar a un altre món), i li van demanar una recepta magistral.

La família estava reunida a la sala. Aviat començarien amb els aperitius. La Patrícia i la Camil·la van dir: «Ara venim, que anem a **canviar l'aigua de les olives.**» En lloc d'anar al lavabo, que és el que tots van entendre que farien, van anar a la cuina, van punxar amb una xeringa els pots d'olives que hi havia a la vista, els van buidar del suc que portaven i els van omplir del que els havia subministrat en Francesc, que els havia assegurat: «Amb això, vuit hores dormint sense assabentar-se'n de res, garantit.» I així va ser: tan bon punt provaven una oliva, quedaven adormits.

La família tot just es començava a despertar quan la Patrícia i la Camil·la tornaven de patinar durant tota la tarda. Seien tots al voltant de la taula i deien: «Quina digestió més pesada. Què hi has posat, als canelons, Teresina?»

18
El professor suplent

Carregar-se les cames a coll: posar-se a caminar.

–A mi no em sembla una bona idea –va dir la Lola, preocupada.

En Francesc obria la porta del laboratori amb la còpia de la clau que havia pispat mesos enrere.

–Tu fes-me cas, que riurem. –Portava una llanterna.– Has dut el vestit del teu pare?

–Sí, sí, tot, sabates, mitjons, vestit negre, camisa blanca, corbata, guants i barret.

L'esquelet els esperava tancat dins d'una vitrina. En Francesc va treure un clip per forçar el pany. Va il·luminar l'esquelet i tots dos van fer un pas enrere.

–S'ha mogut –va dir la Lola.

–No flipis –va contestar en Francesc–. El que s'ha mogut és l'armari. Vinga! El separarem en dos trossos. Jo agafo la part de dalt i tu **et carregues les cames a coll.**

–Ens expulsaran de l'institut, si ens descobreixen. –La Lola esperava que en Francesc acabés de desarmar el cos.

–Ningú no ho entendrà, com ha arribat Mister Bones fins allà.

Van anar cap a l'aula, el van tornar a muntar, el van vestir i el van posar de cara a la pissarra, amb el braç amunt i un tros de guix a la mà.

–Quan demà entrin tots a classe i vegin el suplent de matemàtiques...

–El gran moment serà quan arribi el substitut real.

Però el gran moment va ser quan l'endemà, un cop passada la sorpresa, en Frederic, que volia ser director de cinema i que aquella nit els havia seguit i gravat sense ser vist, va demanar permís per passar la pel·li on es veia la manera com Mister Bones havia arribat a l'aula del grup B.

19
Copiar

Caure de la memòria: una cosa, ser oblidada.

En Max havia tingut feina per trobar el que havia estat, de moment, la seva última adquisició friqui, un paper vegetal de gruix mínim que admetia ser escrit amb tinta de diferents colors fosforescents per les dues bandes i que es podia llegir perfectament per petita que fos la lletra. Ideal per fer xuletes.

Segons l'opinió d'en Max, i no era pas l'únic, no tenia cap mena de sentit aprendre's de memòria totes aquelles maleïdes fórmules químiques que en acabar l'examen li marxarien del cap en qüestió de segons. La ment s'havia d'aplicar a tasques més elevades. No tenia temps, ell, per perdre'l amb aquelles nimietats.

Va copiar minuciosament tot el que entrava a l'examen. Va guardar part de la xuleta a la butxaca dreta dels texans, part a l'esquerra. I també es va enrotllar un parell d'aquelles cintes estretes als canells, sota les mànigues. Impossible descobrir-lo.

Trauria un 9. (Quan portava xuletes, perquè ningú no sospités, mai no contestava per obtenir un 10.)

Davant del full de la prova va somriure perquè, en efecte, només veure les preguntes va saber que tot el que necessitava ho duia amagat a la roba i al cos. Quan li faltaven un parell de respostes, va haver de treure la que portava cargolada al canell dret. Un cop la va tenir entre els dits, suats pels nervis, li va relliscar i, en forma d'espiral, va fer un salt fins als peus del professor, que, sorprès, es va ajupir per agafar-la. «De qui és això?», va preguntar després de veure de què es tractava. I en Max, que mai no hauria deixat que acusessin ningú en lloc seu, es va aixecar ràpidament i va dir: «Meu. I és al·lucinant, però ara mateix m'acaba de **caure de la memòria**.» Els companys encara riuen. I, a en Max, la química li va quedar per al setembre.

20

Muntanya laberíntica

Clavar un moc: contestar de manera desagradable.

S'havien perdut. Estava clar. Feia estona que caminaven i, de cop i volta, la Clara es va adonar que passaven pel mateix lloc pel que havien passat feia més d'una hora.

–I com ho saps, que aquesta és la mateixa branca trencada que hem vist abans? –va preguntar en Ferran, angoixat per la situació. Aviat es faria fosc i no portaven ni llanterna, ni menjar, ni begudes ni tampoc cap mena d'abric per passar la nit.

–No ho sé, com ho sé. Però ho sé –va assegurar la Clara.

–Potser hauríem d'anar deixant algun tipus de senyal –va proposar la Maria–, i així sabríem segur si hi hem passat o no.

–I d'on vols que els traguem, els senyals? –va protestar en Ferran.

–Aquest mapa és una mè –va dir en Max–. No serveix per a res. Podríem estripar-lo i fer servir els bocins per fer marques.

–Volaran, no veus que és paper? –va comentar en Ferran.

–Tinc una bona idea –va dir llavors en Max, que va començar a escurar-se el nas, d'on finalment va treure una massa viscosa i verda de dimensions considerables davant de la qual els altres tres van fer una cara de fàstic indescriptible–. Què us passa? No n'havíeu vist mai cap? Que vosaltres no en teniu?

Va anar cap a un arbre, **va clavar un moc** a l'escorça i, a sobre, un tros de mapa. Després va dir:

–Així segur que no surt volant. Hi ha quedat ben enganxat. Ja podem marxar.

I va començar a caminar. Els altres el van seguir. I de tant en tant, en Max tornava a fer la mateixa operació. Al cap de tres quarts d'hora havien sortit del bosc.

21
L'equívoc

Consultar-ho amb el coixí: ajornar una decisió per al dia següent.

Des que havia fet els seixanta, la tieta Teresina, que sempre havia estat un personatge excèntric i diferent de tothom, anava a dinar cada diumenge a casa de la Patrícia i la Camil·la. Els explicava les obres de teatre i les pel·lícules que havia vist, els concerts a què havia anat i, els últims temps, els viatges que volia fer. A la Patrícia i la Camil·la els agradava molt sentir-la parlar dels llocs exòtics que pensava conèixer i més d'un cop li oferien la seva companyia, que la tieta declinava amb educació, sense mostrar l'horror que li produïa la sola idea d'endur-se de viatge aquelles dues adolescents rebels.

L'anterior diumenge havia aparegut amb un dubte que, segons els va explicar, no la deixava dormir: se n'anava a la península de Kamtxatka o a l'illa de Pasqua? Què li aconsellaven? Tenia deu dies per decidir-ho. Com que ningú no havia estat a cap dels dos llocs, eren incapaços de dir-li quin li resultaria més atractiu. Tota la família va estar d'acord que el que li convenia era anar-se'n a consultar-ho amb el coixí.

L'últim diumenge que l'havien vista, abans que sortís cap a Kamtxatka, els va dir que li havia anat molt bé el consell que li havien donat. Que havia anat a l'agència de viatges a fer la consulta, i que, tot i que se l'havien mirada amb una mica d'estranyesa perquè duia el coixí, van saber entendre el seu dubte i immediatament van trobar arguments sòlids per convence-la que era millor que deixés l'illa de Pasqua per més endavant.

–El que no he acabat d'entendre –els va dir mentre es menjava una maduixa amb nata i se'ls mirava des de darrere les seves ulleres metàl·liques de vidre gruixut– és quin sentit té que m'hàgiu fet anar a **consultar-ho amb el coixí**. –I va arronsar les espatlles.– La qüestió és que ha funcionat.

22
Secrets

Cosir-se la boca: callar.

La cosa va anar així. El professor d'educació per a la ciutadania i els drets humans havia decidit fer-los la vida impossible. Hi ha professors d'aquesta mena, que decideixen fer la vida impossible als seus alumnes, segurament perquè no en saben més o perquè no en saben prou o perquè no en saben gens. Els va amenaçar amb un examen en què preguntaria no només tot el que havien fet, sinó també temes que no havien tocat però que eren al programa.

El grup B va convocar una reunió de crisi. Ningú no va avisar la Lisa, la bocamolla de la classe, que sempre acabava deixant anar qualsevol secret que se li confiés. Van decidir que l'única manera de combatre aquella injustícia era robar l'examen un cop el Conill (el professor tenia les dues dents de davant molt grans i molt llargues, tant que no podia tancar bé la boca) hagués fet les còpies i les hagués deixat al seu despatx.

Els escollits per cometre el delicte van ser en Francesc i en Max. Ho farien a primera hora del matí, just abans de l'examen i abans que arribés el Conill amb la seva escúter.

Tot va anar bé, però quan en Francesc sortia al passadís amb una còpia de l'examen i en Max el mirava amb satisfacció, van ensopegar amb la Lisa. Tenien la prova a les mans. La Lisa era bocamolla, però molt espavilada, i de seguida va entendre el joc. «El Conill s'ho mereix», va dir. I quan anava a marxar, en Francesc va fer un gest a en Max, van agafar la Lisa i la van portar fins al laboratori. L'examen era al cap de poques hores i no es podien arriscar. «Només hi ha una solució», va dir en Francesc mentre treia fil i agulla. La Lisa, resignada, **es va cosir la boca**. Tots van aprovar l'examen.

23
Exigències

Cremar-se les celles: estudiar molt.

Els pares de la Camil·la i la Patrícia, que eren força més antiquats que els altres pares, havien de marxar de viatge i no volien deixar les bessones soles a casa. «Per què no?», protestaven elles. «Ja som grans. No volem anar a ca la tieta Teresina, és una friqui.» No va haver-hi manera d'evitar-ho, així que ja veieu les germanes preparant una bossa amb tot el necessari per passar deu dies a casa la tieta. Per postres, en plena època d'exàmens.

En arribar-hi, la mare de les bessones va dir a la Teresina que aquells dies les nenes no podien sortir de casa, que havien d'estudiar de valent si no volien que els quedés res per al setembre i que, per favor, se n'ocupés una mica.

La música clàssica sonava al volum de la més escandalosa de les discoteques, els quatre lloros de la tieta volaven amunt i avall per la casa mentre els seus cinc gats els perseguien sense èxit, i la tieta provava recepta rere recepta a la cuina.

La segona nit, a l'hora de sopar, quan els lloros ja eren a les gàbies, els gats estirats pels sofàs i el sopar de sabors dubtosos a taula, la tieta els va dir que hi havia una prova fefaent que demostrava que la gent havia estudiat prou i que, per tant, ella sabria si les bessones feien o no la seva feina. «I quina és la prova?», va preguntar la Camil·la. «Diuen que quan estudies molt **se't cremen les celles**», va contestar, convençuda, la tieta.

A l'hora d'anar a dormir, les bessones van buscar a Internet: «Quant tarden a créixer unes celles? Trenta o quaranta dies.» Qualsevol cosa per sortir d'allà. La pudor de pèl cremat era fastigosa però l'endemà, quan la tieta Teresina, que sempre ho entenia tot de manera literal, va veure les nebodes sense celles, els va dir: «Oi tant que podeu sortir! No hi ha dubte que heu estudiat!»

24
Un detall

Deixar amb un pam de nas: defraudar.

Era una sala petita, amb dues finestres altes per les quals entrava el sol ja de bon matí i il·luminava les peces de robes de colors, les pintures i els pinzells, les fustes i les eines que hi havia sobre la taula de treball. Era el taller secret de la Gabi, que es guanyava la vida com a professora d'educació visual i plàstica a l'institut Fanals. La seva passió, però, que ningú més no coneixia, eren les marionetes. I eren tan tendres i tan especials, les que feia, que qualsevol que les hagués vist hauria dit que tenien vida. Però la Gabi no les havia ensenyades mai a ningú. No eren ben bé un secret, però no gosava compartir-les.

Una nit, quan estava a punt d'acabar el Bertus, pirata de tots els mars i oceans, va sonar el telèfon. La Gabi mai no deixava les coses a mitges, però aquell dia va haver de sortir esperitada a socórrer un amic. A en Bertus només li faltava un detall i va témer que la Gabi se n'oblidés, de manera que va demanar a les altres marionetes que l'ajudessin a entrar a la motxilla de la seva constructora perquè se'l trobés l'endemà tan bon punt l'obrís.

I així va ser, però no a casa, sinó al davant de tota la classe. La Gabi va obrir la bossa i en Bertus hi va aparèixer com per art de màgia. Va quedar tan sorpresa com els alumnes, tots fascinats per la presència del pirata. La Gabi se'l va mirar: pobre, **l'havia deixat amb un pam de nas**; encara l'hi havia de retallar. Aquell dia van fer taller de titelles. I va ser l'últim any de la Gabi a l'institut. Les seves marionetes es van fer tan famoses que les van contractar per actuar als teatres i per omplir aparadors de cases de joguines. Es rumorejava, fins i tot, que el gran amor d'en Bertus va ser una nina anomenada Aina amb qui va compartir botiga durant bastant de temps.

25
Ventada

Deixar de pedra: deixar estupefacte.

La idea era anar a la platja i, després de banyar-se, menjar els entrepans i fer una migdiada al sol, copiar-se els apunts de la Lola, un del béns més preuats del grup B. Nets i polits, complets i minuciosos, era impossible suspendre si te'ls estudiaves. A més a més, feia una lletra clara que podien entendre tots. I la Lola, que era generosa i no li importava deixar-los sempre que no els fessin malbé (que no els taquessin ni arruguessin ni pleguessin), havia accedit que se'ls emportessin aquell diumenge. De tota manera, ella no podria estudiar perquè havia d'anar amb la seva família a Port Aventura, on havien de dur els germans petits. Una desgràcia com qualsevol altra. «Això sí», els va dir, «dilluns a primera hora els vull intactes a la meva carpeta.»

L'encarregada de portar-los va ser la Maria, una de les millors amigues de la Lola, que li va prometre que els vigilaria com si fossin seus.

I tot es va desenvolupar segons el que estava previst (banys, entrepans, migdiada), fins que la Maria va treure els apunts i una ventada imprevisible els va escampar per tot arreu. Havien de córrer perquè cap full no arribés a l'aigua. De cop i volta, el grup va semblar que es convertia en un espectacle de circ. Giravolts en l'aire, peus, puntades, braços, cames, cops, cabells, curses, crits. Mentre tots recollien, algú s'havia de quedar amb els fulls recuperats, com si fos un petjapapers. A la platja no hi havia pedres... Què hi posaven? «No patiu», va dir en Max tot suat i ple de sorra, «**deixeu-me de pedra** i llestos.» I es va asseure amb el banyador mullat sobre els apunts. La Maria va pensar que l'endemà, quan la Lola els veiés, ja no hi hauria cap possibilitat que els els tornés a deixar. El drama estava servit i la seva amistat, en perill.

26

Aprovar geografia per la cara

Deixar la cara com un mapa: pegar a algú i deixar-li la cara plena de ferides.

Estudiar les capitals d'Europa no era pas complicat, però estudiar les de l'Àfrica i l'Àsia era una tortura que a en Guillem se li feia tan costa amunt com un cap de setmana sense Warcraft. Estava disposat a suspendre l'examen final. Kabul, Riad, Bakú, Begawan. Ouagadougou, Yamoussoukro, Antananarivo, Lusaka. Com volien els professors que s'aprenguessin aquelles paraules absurdes de memòria i que a sobre sabessin situar-les?

–No pots suspendre l'examen, tio, o no passaràs de curs i et perdrem de vista. Ni parlar-ne –li va dir l'Ot–. Jo t'ajudaré. Tu deixa't fer, d'acord?

Desesperat, va pensar que l'Ot havia tingut alguna bona idea i va acceptar. Faltaven dues setmanes per a l'examen. Van quedar l'endemà a casa d'en Guillem, on l'Ot es va presentar amb una capsa plena de pintures i pinzells.

–Estàs disposat a passar dues setmanes sense dutxar-te? –va preguntar l'Ot.

–Cap problema –va assegurar en Guillem arronsant les espatlles.

–Som-hi, doncs. Tanca els ulls i relaxa't.

S'hi van estar ben bé un parell d'hores. En Guillem de tant en tant es queixava i mostrava la seva impaciència. L'Ot, que acostumava a fer les coses amb la minuciositat d'un orfebre, li deia que es calmés, que cada cop quedava menys.

Per fi, l'Ot va comunicar que havia acabat. Va acompanyar en Guillem al lavabo, el va posar al davant del mirall i li va dir que podia obrir els ulls. En Guillem no donava crèdit al que veia: l'Ot li havia pintat l'Àfrica i l'Àsia, amb totes les capitals.

–**M'has deixat la cara com un mapa**, col·lega, quina bogeria!

–Tu mira't molt al mirall aquests dies... i aprovaràs... per la cara!

27
Carnaval

Enfilar-se per les parets: estar molt empipat.

L'últim carnaval havia estat terriblement accidentat per a en Carles, que va acabar a l'hospital, amb tres costelles, un braç i una cama trencats. A l'institut Fanals s'havia organitzat un concurs de disfresses. El guanyador obtindria un viatge per a dues persones a Venècia, una ciutat amb un dels carnavals més famosos del món. Però en Carles, més que no pas el viatge, el que volia era derrotar en Marcel.

Com trobar la millor de les disfresses? Es va passar unes quantes setmanes rumiant-hi. Va comprar revistes, va visitar botigues, va mirar quadres i fotografies i sèries de televisió. Volia anar d'heroi i passejar-se davant de tothom, content de la seva nova personalitat. De Batman? De Superman? De Spiderman! És clar, l'home aranya era gairebé com un home mosca, el seu animal preferit.

No va ser fàcil fabricar la roba. I necessitava un cop d'efecte. Va anar a veure en Francesc, que, dies després, li va proporcionar una cola que li permetria penjar-se d'on volgués. Per això va ser tan estrany que, arribat el dia, caigués d'aquella manera estrepitosa. Havia aconseguit grimpar per la façana fins a la segona planta, davant la mirada incrèdula de tothom, i de cop i volta, plaf, es va desplomar. «Això li passa per **enfilar-se per les parets**!», va dir en Marcel en to burleta des de darrere la màscara de Darth Vader.

En Francesc va visitar en Carles a l'hospital i li va preguntar si s'havia recordat de barrejar la cola amb coca-cola, abans de fer-la servir. En Carles se'l va mirar amb els ulls esbatanats i li va dir: «Em pensava que me l'havia de beure!»

El concurs el va guanyar en Ferran: va fer una imitació perfecta del Conill.

28. La venjança

Enganxar-se els llençols: quedar-se al llit més estona del compte.

Quan va sortir de l'hospital, en Carles encara recordava el to burleta amb què Darth Vader, o sigui en Marcel, a qui havia reconegut només veure'l a pesar de la disfressa, havia comentat la seva vergonyosa caiguda.

De manera que aprofitant que eren veïns, i que els dimecres a la tarda en Marcel feia bàsquet, en Carles va anar a casa seva i va demanar a la seva mare si el deixava passar a l'habitació d'en Marcel a buscar uns apunts que li havia deixat i que necessitava per a l'endemà. Un cop a dins, va escopir a la sargantana, que el mirava espantada, i tot seguit va untar els llençols d'en Marcel amb la cola que havia fabricat en Francesc, aquest cop barreja-da amb un litre de coca-cola, perquè fos infal·lible.

L'endemà tenien examen de matemàtiques, l'assignatura preferida per Darth Vader. Quan va sonar el timbre, en Marcel encara no havia aparegut. La professora, estranyada, va preguntar si algú sabia alguna cosa d'ell, i en Carles, en to de superioritat i un somriure de victòria, va assegurar:

–Segur que **se li han enganxat els llençols**! –I va deixar anar la seva mosca ensinistrada amb la consegüent alegria de tots els companys.

I just en aquell moment, com per art de màgia, es va obrir la porta de la classe i va aparèixer en Marcel, embolicat amb uns llençols blancs, ben enganxats al cos i amb la sargantana a l'espatlla, i va dir:

–*Ave, Caesar, morituri te salutant.*

Va ser un èxit rotund. Tothom va celebrar l'entrada triomfal d'en Marcel i durant setmanes no es va parlar de res més.

29
Pícnic

Ensorrar-se el món: desesperar-se.

Un cop oblidat el contratemps esdevingut durant aquell dinar en què el pare de la Clara va acabar assegut a sobre d'un ou dur amb salsa per culpa d'en Robert, la família va voler convidar de nou l'amic de la Clara, de manera que la noia va dir a en Robert:

–Aquest cop és un pícnic. Anirem a la platja. Ens ho passarem bé. No els puc dir que no, els fa molta il·lusió. Sobretot, sigues puntual.

En Robert va acceptar la proposta, resignat, i diumenge a les set, encara fosc, era a la porta de casa de la Clara. Tan bon punt van ser dalt del cotxe, en Robert va dir:

–Està molt bé sortir de matinada, així no es troben caravanes.

El pare va contestar:

–Robert, les set no és la matinada. És el matí.

L'entrada no havia estat pas bona, doncs, de manera que en Robert va pensar que seria millor callar. No va badar boca fins que van ser a la platja, al voltant del menjar, després de banyar-se i de jugar a voleibol amb els pares i els germans de la Clara.

Al moment de tallar el pa, el pare de la Clara va treure el clauer del cotxe, que era un globus terraqüi en miniatura, i, després de manipular-lo, el va convertir en una navalla.

–Caram! –va exclamar en Robert–, quina passada!

–És dels meus temps d'escolta, sí, el món en petit. És un tresor. –I l'hi va passar perquè el veiés.

A l'hora de marxar, el pare va reclamar a en Robert les claus del cotxe, que estaven lligades al clauer. En Robert, espantat, va mirar al seu voltant i va comprendre que, sense cap mena de dubte, **el món s'havia ensorrat**.

30
El perillós enginy de la tieta Teresina

Escalfar cadires: passar el temps sense fer res.

A grans mals, grans remeis, deia sempre la tieta Teresina. I amb aquelles paraules havia arribat a proposar solucions que, més que no pas alleugerir els problemes, els havien agreujat notablement, com aquella vegada que, després que fossin incapaços de trobar les claus del cotxe, no se li va ocórrer cap idea millor que estimbar-lo al fons d'un precipici al costat de la carretera on se l'havien deixat aparcat per anar a fer senderisme. «Ho veieu?», va dir convençuda, «ara ja no és cap problema haver-ne extraviat les claus.»

El cap de setmana després de Reis van pujar tots al refugi de muntanya que els havia prestat un gran amic de la tieta. Tal com els havia anunciat, era en un lloc paradisíac. El problema és que no disposava de cap mena de calefacció. Ni estufes ni llar de foc. Res de res.

Al matí, ben d'hora, abans d'anar-se'n tots plegats a esquiar i tement-se el pitjor, van demanar a la tieta (que va declarar que es quedava a casa per dedicar-se a aquella novel·la que feia anys i panys que escrivia), que no intentés solucionar el petit inconvenient de la temperatura de la casa, que amb mantes, sacs de dormir, roba d'abric i menjar calent estarien ben a gust. «Entesos», va dir la tieta, ofesa. I va afegir: «Ho dieu com si no confiéssiu en mi.»

El foc es veia de lluny. Tots van córrer esperitats cap al refugi, amb l'ai al cor. La tieta Teresina s'estava allà al costat dels bombers, amb gest d'incredulitat. Quan els va veure arribar els va dir, sorpresa: «Mai no hauria dit que **escalfar cadires** fos tan perillós. No sabeu que ràpid que cremen! Jo l'únic que pretenia és que les trobéssiu calentes perquè sopéssiu sense fred!»

31
La recepta

Espreme's el cervell: pensar molt per trobar la solució d'alguna cosa.

L'escriptora acabava de signar el contracte per un llibre de microrelats; es tractava d'escriure històries fent servir frases fetes en sentit literal. I no era gens fàcil. S'havia de concentrar força. El problema és que li resultava més complicat de l'habitual perquè feia poc que s'havia enamorat i l'únic que li venia al cap era el seu amor.

Per sort, l'escriptora va decidir trucar a una amiga per demanar-li consell.

–I dius que t'has d'inventar idees per a històries curtes? –va preguntar l'amiga.

–Exacte. Per a noranta-un microrelats.

–I per quin vas?

–Pel trenta-u.

–Uf, encara et falta molt per acabar.

–Que bé que t'he trucat! M'animes molt!

–No, no, vull dir que et fa falta una bona recepta per enfortir la imaginació. Apunta: dues cullerades de sucre, llimona, farina, pinyons, espinacs, vi blanc i cervellets de llebre.

–I quèèèè? –es va sorprendre l'escriptora.

–Cervellets de llebre. Has d'esprémer els cervells un cop tot estigui...

–Ni pensar-ho! Abans d'això m'estimo més posar-me davant de l'ordinador i pensar.

L'escriptora va tornar a la taula de treball, enfadada amb l'amiga per haver-li ofert una solució tan absurda. On s'és vist que per escriure un conte un s'hagi de posar a **esprémer un cervell**?

32
L'eterna discussió

Ésser un pobre diable: ser desgraciat, infeliç.

El pare mira el fill. Són a la Sala Major, el centre neuràlgic del regne, el lloc des del qual es distribueix el foc. Discuteixen. Discuteixen el mateix des del principi de la història. I el resultat mai no canvia.

–Així mai no podràs marxar de casa. Què et penses, que t'ho regalen tot? Has de buscar un camí, la manera de guanyar-te la vida i ser independent! –va dir el pare.

–I on vols que vagi? Ningú no pot marxar d'aquí per sempre; ho saps molt bé; ets tu qui mana –va dir el fill mentre apartava amb la mà una flama sorgida dels ulls del pare.

–Es tracta de l'actitud, Mefistòfil. No tens una actitud digna d'un plançó meu.

–Tu ets tu i jo sóc jo i cadascú és com és –es va queixar el fill mentre la mirada se li en anava al darrere d'una bellesa que acabava d'entrar a l'avern.

–Com és possible que siguis tan conformista? Algun dia hauràs d'heretar el meu regne i aleshores...

–Pare, ets immortal, recordes?

–Si tu fossis un dimoni com cal, jo podria abdicar el meu tro i cedir-te'l. T'hauré d'enviar de colònies al cel. Segur que allà t'agafen ganes de treballar per al mal: guanyar diners, consumir el que no necessites, destruir el planeta...

–Encara que m'enviïs al cel, no faré el mal.

–No hi ha res a fer, mai no assoliràs cap fita, mai no aconseguiràs ser l'amo de res, sempre seràs un diable pobre.

–Val més ser un diable pobre com jo que **un pobre diable** com tu, pare. No en tens ni idea.

33
La trucada

Estar amb l'aigua fins al coll: estar acorralat o arruïnat.

Sona el telèfon. L'Ot sent que l'agafa la seva mare, que després crida:

–Ooooooooooooooot, és per a tu.

L'Ot és al lavabo i contesta:

–Qui éééééééééés?

–No ho sééééééééééééééééé. Surts o quèèèèèèèèèèèèèèèè?

L'Ot està a la banyera. Ha quedat amb la seva deessa per anar fins al port a fer un passeig. Són les sis i han acordat que passaria a buscar-la en moto cap a les set. Va bé de temps. De casa seva a la de la Gabriela té, com a màxim, quinze minuts. Encara es pot quedar un quart d'hora dins l'aigua. Respon a la seva mare:

–Noooooooooooooo, que et deixin l'encàrreeeeeeeeeeeeeeeec!

–D'acoooooooord!

Al cap d'un moment, la mare s'acosta a la porta del lavabo, hi dóna uns copets.

–Era la Gabriela, que no cal que vagis a buscar-la, avui. Que no pot quedar.

L'Ot s'aixeca d'una revolada i surt embolicat amb una tovallola.

–I per què no m'ho has dit, que era ella?

Va directe a la seva habitació, a buscar el mòbil. Veu quatre perdudes de la Gabriela. Li truca. Està enfadada. Li pregunta per què no li ha agafat el telèfon. L'Ot, sempre sincer, li contesta:

–És que **estava amb l'aigua fins al coll**, a la banyera.

Ella es queda en silenci. Després diu:

–D'acord, vine, que t'espero, Mister Net.

34
El decorat

Estar entre l'espasa i la paret: estar en una situació en la qual no se sap què fer, de la qual és difícil sortir-se.

La Berta, animada per l'èxit obtingut amb la seva anterior obra de teatre tot i la terrible actuació d'en Guillem, va decidir de provar sort un cop més. Va escriure un nou text i va comptar de nou amb els seus ajudants, la Lola, l'Ot, en Ferran i en Guillem, si bé a en Guillem, aquest cop, no li va donar un paper sinó el càrrec d'escenògraf.

Va arribar el dia de la funció. Tot estava a punt. Els decorats havien quedat molt bé i el públic estava impacient perquè comencés l'espectacle.

Tot es va desenvolupar segons el que estava previst. La Lola brodava el paper, l'Ot emocionava els espectadors i en Ferran els feia riure. L'escenografia funcionava sense entrebancs, a pesar de les dificultats del sistema de politges ideat per a l'ocasió. No podia anar millor.

Quan ja no faltés gaire per acabar, en Guillem havia de pujar en Ferran amb un arnès, per fer veure que volava per sobre de l'escenari i que, així, aconseguia alliberar-se del perill que suposava l'Ot, que l'havia d'amenaçar amb una espasa.

El problema va ser que en Guillem es va deixar l'espasa de l'Ot als vestuaris i que, quan intentava pujar en Ferran amb l'arnès, va donar un fort cop a la fusta que feia de paret de fondo amb tan mala sort que la va mig desenganxar. Dubtós, en Guillem no sabia quin problema resoldre abans i es debatia angoixat **entre l'espasa i la paret**. Per fi va decidir anar primer a buscar l'espasa per a l'Ot, perquè l'obra pogués continuar, però tan bon punt va tornar dels vestuaris va comprendre que no havia estat una bona decisió. Part del públic ajudava els actors a sortir de sota la paret del decorat, que els havia caigut a sobre.

35
Solució dràstica

Estirar les cames: sortir a passejar.

Poques vegades s'ha vist una situació tan delicada com la que van viure la Clara, en Robert, la Patrícia i la Camil·la l'últim dissabte de les vacances de Setmana Santa. Van decidir entrar d'amagat a l'institut. Havien ideat un sistema per col·locar uns quants cubells plens de papers i sorra (i alguna granota o aranya) que caurien des de dalt de totes les portes quan dimarts, en tornar a classe, algú intentés obrir-les. Serviria per compensar l'avorriment de l'últim trimestre, que sempre se'ls feia tan llarg. Seria una bona manera de començar-lo.

El que no havien previst, naturalment, és que aquell mateix dissabte algú altre entrés al centre quan ells s'hi passejaven tranquil·lament portant a terme els seus objectius. S'havien d'amagar, ràpid, i el que els quedava més a prop era la petita sala on hi havia la fotocopiadora. Com que no hi cabien tots drets amb la porta tancada, en Robert i la Clara van haver d'encongir-se i col·locar-se a sota la taula on hi havia la màquina. S'hi van passar hores. De fet, fins a la matinada, que va ser quan van deixar de sentir veus i passes.

Aleshores la Camil·la i la Patrícia van obrir la porta i van sortir esperitades, com si els faltés l'aire. En Robert i la Clara, en canvi, ni tan sols no van treure el cap de sota la taula. «Què us passa?», van preguntar les bessones alhora. «Hem estat tanta estona ajupits que ara no hi ha manera de posar-nos drets», va explicar la Clara. Ella i en Robert van sortir a la gatzoneta.

«A grans mals, grans remeis, que diu la nostra tieta Teresina», van dir les bessones, i els van agafar cada una per un extrem, ara l'un i després l'altre, van comptar fins a tres i els **van estirar les cames.**

El projecte cubells va quedar ajornat *sine die*.

36
Entreteniments d'estiu

Fer campana: no anar a classe.

Vacances d'estiu. «Poden ser més avorrides?», es pregunta la Berta a la porta de casa, mig endormiscada, mentre mira com una sargantana ressegueix l'esquerda d'una paret calcinada pel sol de les quatre de la tarda a Bellcaire d'Urgell, el poble del seu avi.

De cop i volta sent un murmuri al cap del carrer. Hi apareixen Els Fracassats, un grup musical format per nois i noies de la seva edat. Xerren sense fer gaire enrenou.

–Vols venir? –li pregunten un cop arriben on és ella.

–On aneu? –vol saber la Berta, que ja s'ha posat dreta disposada a seguir-los. Qualsevol cosa abans d'aquell ensopiment insuportable.

–Vine i ho veuràs –li diu el que sembla el cap de la colla, un noi guapo, amb ulls de color de cel, alt, d'espatlles amples i fortes.

La Berta els segueix. Al cap d'una estona de caminar, arriben a una mena de magatzem situat al mig d'un prat. És on fan els assaigs. Els del grup miren cap a totes bandes abans d'obrir la porta de fusta, gran i pesant.

–No ens ha de veure ningú –diu el noi d'ulls blau cel.

La Berta la veu en entrar: enorme, lluent, col·locada sobre un tauler gruixut que suporten quatre o cinc cavallets metàl·lics. Pregunta:

–I això?

–Això és el que venim a fer cada dia a aquesta hora. Venim a **fer campana**. –I davant l'esguard intrigat d'ella, afegeix el noi:– Aviat la canviarem per la de l'església. L'estem programant perquè, quan la toquin, soni la nostra música. Serà una passada. No diguis res, eh? Segur que sortim als diaris, ja ho veuràs. Els Fracassats triomfaran.

37
Treball de lite de la Lola

Fer una cara nova: pegar a algú.

Al planeta Higgs les coses no funcionaven com a la resta de l'univers. Els higgians naixien per casualitat, com ara quan un cop de vent feia caure un arbre o quan la pluja penetrava en la part més fosca d'una cova.

L'atzar era l'element característic de Higgs i tots els seus habitants sabien, des del moment que arribaven a la vida, que no podien preveure cap ni un dels seus esdeveniments.

Només hi havia un fet inqüestionable en l'existència d'aquests éssers: un dia o altre havien d'escollir la seva identitat. I, abans de fer-ho, tenien l'obligació de coneixe's a fons, sobretot perquè, després, no els envaís la tristesa profunda que es desprèn d'haver-se precipitat i haver escollit una personalitat errònia. Amb aquest delicat objectiu, havien de llegir els grans llibres, experimentar els grans silencis, superar els grans obstacles i plantejar els grans dubtes. Proves que els demostrarien quins eren els seus desitjos i quins els seus prejudicis.

Un cop passat aquest tràmit, els higgians s'havien de presentar davant del Comitè d'Assignació de Personalitats i havien de respondre algunes preguntes relatives a les conclusions a què havien arribat durant aquell període. Si contestaven bé, el Comitè els **feia una cara nova**, única i idònia. Si no, tornaven a la casella de sortida amb la cara plana, blanca i sense trets que obtenien per defecte el dia del seu naixement.

L'etapa següent, un cop obtinguda la cara nova, consistia en un viatge al planeta Terra. Allà era on els higgians, quan trobaven un altre higgià i es reconeixien, rebien el regal màxim: enamorar-se per sempre més.

38
Missatges

Fer volar coloms: il·lusionar-se per coses inútils.

L'Ot sempre buscava la manera de sorprendre la Gabriela amb regals inesperats. I l'últim que li havia passat pel cap i que havia acabat d'una manera més aviat inesperada, se li havia acudit durant la visita que havien fet durant una classe de naturals a en Josep Alcocebre, criador de coloms i altres aus petites.

L'arribada al local del senyor Alcocebre va ser interessant. Els va conduir fins a un pati ple de gàbies a l'interior de les quals volaven amb dificultats i òbviament sense cap mena de llibertat tot un seguit d'ocells entre els quals l'Ot només va reconèixer els coloms. Li van fer molta pena. I més encara quan el senyor Alcocebre els va dir que eren coloms missatgers, que ja feia temps que no es feien servir i que, per tant, ja feia temps que no sortien d'allà:

–Els tenim engabiats des de fa anys –els va informar–. És probable que ni se'n recordin, de volar. Són el testimoni d'una altra època.

Aquella mateixa nit, en arribar a casa, l'Ot s'havia decidit a enviar un d'aquells coloms a la Gabriela amb un missatge d'amor lligat al cilindre metàl·lic que duien a la pota. Va trucar a en Francesc perquè l'ajudés a obrir el pati del senyor Alcocebre. Hi van anar durant la matinada. L'Ot portava el missatge escrit en un dels paperets vegetals que feia servir en Max per fer-se les xuletes. Volien alliberar-ne només un o dos, però quan van obrir la gàbia no van poder evitar **fer volar coloms** en excés. La gàbia va quedar buida. I el pitjor de tot va ser que, l'endemà, qui havia rebut per error el missatge de l'Ot va ser la Berta, que l'hi va ensenyar a la Gabriela, que, ofesa i a pesar de les explicacions de l'Ot, li va dir que tallava amb ell per sempre.

39
Proves d'amor

Ficar els peus a la galleda: dir un disbarat o fer una cosa inoportuna.

Angoixat per la cruel indiferència de la Gabriela, que no havia tornat a parlar amb ell, l'Ot va passar una temporada repartint el seu temps entre les queixes amargues i la recerca de sistemes de seducció que fessin tornar la deessa al seu costat.

Per fi va tenir una idea brillant. Durant uns quants dies, cada tarda, en sortir de l'institut, va anar fins a un parc que li quedava a prop i va recollir pedres. Per a què les volia? Un cop en va tenir el que va considerar una quantitat suficient, les va transportar fins a la platja. Va demanar a la seva amiga Lola que truqués a la Gabriela i li demanés de quedar amb ella amb qualsevol excusa i que, aquell vespre, la portés fins on ell les esperaria. La Lola, tement-se el pitjor, li va preguntar què s'havia empescat, aquell cop, i l'Ot li va explicar fil per randa la idea.

La Lola no va semblar gaire convençuda però, a pesar de tot, es va decidir a donar-li suport. «D'acord», li va dir, «serem allà a les vuit en punt.»

L'Ot va preparar un llit de pedres sobre brases per caminar-hi per sobre i convèncer la Gabriela que res no el feia patir més que el seu abandó. La Lola va arribar amb la Gabriela, que, disgustada, va dir que era allà en contra del seu desig i que tot allò no valdria per a res. Però en veure la cara de patiment de l'Ot mentre es cremava els peus, i els seus crits dissimulats però perceptibles mentre avançava, va canviar d'opinió i el va esperar amb els braços oberts a l'altra banda del passadís de foc. I l'Ot, desesperat de dolor, en lloc d'anar directe cap a la Gabriela, va escollir saltar cap a la Lola, que, coneixent l'esbojarrada idea del seu amic, havia portat un antídot perfecte i va cridar: «Corre, Ot, vine i **fica els peus a la galleda**, que hi he posat aigua gelada!» La Gabriela es va quedar tota sola amb els braços oberts i... entre ells es va obrir un nou capítol de distància i incomprensió.

40
Una prova en defensa pròpia

Ficar-se la llengua a la butxaca: no dir res.

La Camil·la havia estat castigada per la professora d'història (substituta del profe que va ser expulsat) més d'una vegada. L'havia advertit que, si continuava amb aquell comportament, es veuria en l'obligació d'expulsar-la uns dies de l'institut.

La Camil·la, però, no aconseguia concentrar-se a les classes de la Patins (li deien així perquè caminava tan ràpid que tothom tenia la sensació que ho feia sobre rodes), unes classes que parlaven de reis i de reines, d'emperadors i de cavallers, d'assumptes que li quedaven lluny i que li semblaven inventats. Com ho sabien, el que havia passat al segle XII? Conclusió: es passava les classes xerrant. De fet, aquesta era la raó per la qual havien separat les bessones i les havien posat en grups diferents.

El dia de què parlem, la Patins estava especialment crispada i la Camil·la, especialment guerrera. L'enfrontament estava assegurat. I la Camil·la, tement-se el pitjor, s'havia preparat per reaccionar.

La Patins li va dir unes quantes vegades que callés. Cada cop que ho feia, la Camil·la arronsava les espatlles i aixecava les celles com volent dir que ella no estava pas parlant. Per fi, quan la professora va arribar al límit de la paciència, es va acostar a la Camil·la i li va dir: «Surt de classe, ja n'hi ha prou!» La Camil·la es va aixecar lentament de la cadira, es va acostar a la pissarra, va agafar amb calma un tros de guix i hi va escriure: «A grans mals, grans remeis. Com vols que estigui parlant si **m'he ficat la llengua a la butxaca**?» I en aquell moment va treure de la butxaca la llengua de vaca que aquell matí havia agafat de la nevera, on la seva mare l'havia posada després que ella li digués que en necessitava una per a un experiment de naturals.

41
Experiments

Glaçar-se la sang: quedar horroritzat.

–La ciència exigeix sacrificis per part de tots i totes –va dir en Francesc a en Carles i a en Marcel, que el miraven amb els ulls esbatanats i negant amb el cap. S'havien presentat a casa d'en Francesc després que els truqués per dir-los que els esperava amb els seus animalons per proposar-los una experiència fabulosa.– També el sacrifici de les vostres mascotes, tios. Han de contribuir al coneixement de la vida i de la mort. Hi esteu disposats?

Tot i que en Carles i en Marcel van dir que no, en Francesc va obrir la tapa de la nevera de platja que tenia al davant i els va explicar que la mosca i la sargantana no corrien cap risc, que estava demostrat que la criogenització funcionava i que serien només unes quantes hores, després de les quals els animalons estarien molt millor, tan actius i vius com de costum.

No gaire convençuts però encuriosits pel plantejament d'en Francesc, hi van accedir. En Carles es va treure la mosca de

darrere l'orella, li va dir unes paraules i la va dipositar al fons de la nevera, al costat d'una muntanya de gel. I en Marcel es va mirar la sargantana, quieta a sobre la seva espatlla, i li va dir que estigués tranquil·la. Un cop a dins la nevera totes dues, en Francesc la va tancar hermèticament i va dir:

–Un cop **se'ls hagi glaçat la sang**, les podrem tornar a la vida. Ara vinc, vaig al lavabo.

Tan bon punt va desaparèixer per la porta, els altres dos van obrir la nevera, van recuperar les seves mascotes i les van substituir per uns exemplars de goma. Que fos en Francesc qui dedujs com havia estat possible el miracle de la transformació.

42
El savi xinès

Guanyar temps: fer una maniobra per disposar de més temps.

En Francesc observava des de feia dies la impuntualitat. Tant els seus companys com els professors arribaven uns minuts tard. Ell, en canvi, era puntual com un rellotge i sempre li tocava esperar. Com es podia solucionar aquella molesta inexactitud? Va rumiar-hi durant uns quants dies seguits. Per fi, es va decidir a visitar un savi xinès de qui havia conegut l'existència gràcies a una pàgina d'Internet. Una pàgina a què havia arribat gràcies a la intervenció fraudulenta d'un arxiu secret d'una lògia de francmaçons.

El local era a la part antiga de la ciutat, al soterrani d'un edifici que, per l'estat en què es trobava, semblava més aviat abandonat, a punt de caure. No hi havia timbre, però Li Po, el savi xinès, va endevinar la presència d'en Francesc: «Passa, amic, passa i seu.» Ell va entrar i va seure a la catifa vermella que hi havia al davant del Mestre. Un cop li va haver consultat sobre el tema que el preocupava, el Mestre el va mirar fixament, molta estona, i després de prendre un glop de te, va dir:

–El temps que perden els altres, el pots recollir tu. Fes servir aquesta capsa. –N'hi va donar una de petita, de cartró.– Obre-la cada cop que algú extraviï uns minuts.

En Francesc se'l va mirar incrèdul. Allò era tot el que el savi podia fer per ell? Va remenar el cap, es va aixecar decebut i anava a marxar quan el savi li va dir:

–**Guanyaràs temps**: tot el que guardis s'acumularà fins al final de la teva vida i, quan estiguis a punt de morir, el podràs utilitzar com una pròrroga. Pensa-hi, amb el temps que perd la gent, podràs arribar a ser immortal.

En Francesc va mirar Li Po intrigat: era immortal?

Tot i que no va creure les seves paraules, a partir d'aquell dia en Francesc obria la capseta cada cop que algú perdia temps. I feia la sensació que cada cop pesava més.

43
Treball d'àudio

Guardar silenci: estar callat.

Un cap de setmana que van pujar amb els pares a dinar a casa els avis, la Berta va sortir a passejar pel bosc que hi havia a prop. Estava cansada de sentir el soroll dels jocs dels seus germans petits, el de les converses en veu massa alta del seus pares, els esternuts inacabables de l'avi, els lladrucs del quisso, els esgarips del lloro i els miols dels gats de l'àvia. Necessitava pau.

I un cop al bosc, la Berta es va adonar de la importància de no sentir res. Res que no volgués, res que la molestés, res que la distragués dels seus pensaments. Es va adonar del plaer que li provocava aquella pausa en els sorolls del món. I just en aquell instant va pensar que tenia una bona idea per al treball d'educació visual i plàstica que havia de presentar al cap de quinze dies i del qual depenia aprovar el curs.

Va tornar a pujar a casa els avis el cap de setmana següent i se'n va anar amb el portàtil al bell mig del bosc, a primera hora de la matinada, quan encara no s'han despertat els ocells ni els animalons, quan encara no fa vent i per tant no es mouen ni les fulles dels arbres, és a dir, a l'hora que no se sent res. Va posar la gravadora i la va deixar engegada prop de deu minuts. Després va pitjar l'enter, **va guardar silenci**, i va anomenar l'arxiu «Treball d'àudio». Va tornar cap a casa els avis. Hi havia canelons.

Dilluns va presentar el treball, orgullosa de la seva idea, i uns dies després li va arribar la notícia que havia suspès. La Gabi, la professora, que no va entendre en absolut la seva proposta, li va entregar l'USB, on havia afegit una nota en Word: «Berta, t'has descuidat de posar el material a l'arxiu. Aquí no se sent res. Zero. Hauràs de recuperar al setembre.»

44
Estratègies

Haver begut oli: haver caigut en el perill, no tenir salvació ni escapatòria.

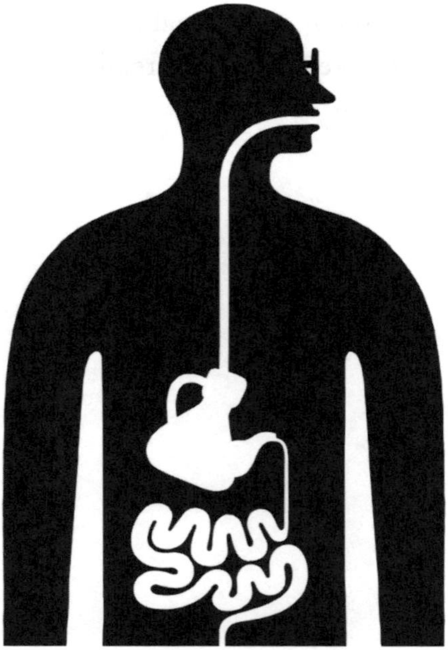

El Conill, el professor d'educació per a la ciutadania i els drets humans, que els seguia fent la vida impossible, els va avisar, aquell dimarts a primera hora del matí, que l'endemà tindrien una prova de la qual dependria una gran part de la nota a final de curs.

Per sorpresa? Però de què anava, el Conill? Es pensava que podia fer amb ells el que li donés la gana? Com que sabien que les queixes presentades a direcció o al cap d'estudis eren inútils, van comprendre que, una vegada més, haurien de fer justícia després d'una assemblea urgent.

Convocada a l'hora de pati, amb la participació de tota la classe, i després de discussions, propostes, queixes, crits revolucionaris i idees incendiàries, van arribar a una conclusió consensuada. L'escollit per dur a terme l'estratègia va ser en Max. A ningú no li estranyaria veure'l per qualsevol lloc, ajupit a terra o per sobre de les taules. Tothom estava acostumat a descobrir-lo buscant les seves puces.

Se'n va anar amb un got ple d'oli que van aconseguir a la cuina del bar. En Max va entrar a la sala de professors, va comprovar que hi fos el Conill, va preguntar en veu alta i sense esperar resposta si algú havia vist les seves puces, que havien tornat a marxar de la gàbia. Un cop va ser al costat de la tassa de cafè del Conill hi va posar el contingut del got.

L'endemà, a l'hora de l'examen, el director en persona es va presentar a la classe i va dir que el professor no podria assistir-hi, que no es trobava bé. Algú va provocar el riure de tothom quan va dir: «Això és que **deu haver begut oli.**» Se'ls va tallar el riure quan el director va afegir: «De tota manera, ha enviat l'examen que tenia previst. Traieu un full.»

45
La revenja

Haver-hi moltes maneres de matar puces: poder fer les coses de diferents maneres per arribar al mateix resultat.

–Molt bé –va dir el Conill quan va entrar a la classe dies després de l'incident de l'oli–, és obvi que tothom va copiar, en l'últim examen. Vau aprofitar que jo no hi era i vau abusar de la innocència del director, que es pensa que sou honestos. –Els va mirar desafiador.– Però jo us conec massa bé per creure-us. Traieu un full! Fareu un nou examen. I aquest cop... us vigilo jo, o sigui que aneu amb compte.

Tota la classe es va remoure inquieta als seients. No hi havia temps per reaccionar ni mètode amb què evitar aquell desastre. El Conill els suspendria tots.

El professor es va acostar a en Max i va assenyalar la gàbia de les puces, que era sobre la taula:

–Vostè, pel que diuen, deu tenir molt d'afecte a aquests insectes menyspreables, oi?

En Max no va dir res. Va abaixar el cap i va esperar que el Conill continués. Segurament sospitava que havia estat ell qui li havia posat l'oli al cafè.

El Conill va tocar l'ase i va dir a tota la classe:

–L'examen d'avui, sobre la higiene, l'alimentació i el respecte als altres, tindrà una primera part, teòrica, i una segona, pràctica. –I adreçant-se a en Max:– Deixi oberta la gàbia, que ens divertirem. –En Max s'hi volia negar, però el professor ja havia agafat la gàbia i l'havia deixada, oberta, a sobre la seva taula.– Començarem per la part teòrica: escriguin, per favor, sobre **les moltes maneres que hi ha de matar puces**. Després passarem a la part pràctica, ja els diré com. –I va esclafir a riure tot deixant veure aquelles dents enormes que no li permetien tancar la boca.

46
Regal inesperat

Inflar el cap: atabalar, convèncer d'alguna cosa a còpia d'insistir.

Arribava l'aniversari de la Maria, de manera que els seus millors amics, és a dir, la Lola, l'Ot, en Ferran i en Guillem, van decidir fer-li un regal que no oblidés mai a la vida. Van anar a una agència de viatges, van demanar per destins propers amb alguna activitat extraordinària i els van recomanar un viatge en globus per sobre dels volcans de la Garrotxa. Es tractava d'una experiència inoblidable, els van dir. A més a més, els podien oferir que el globus on pugessin ells portés la imatge de l'homenatjada. Només caldria que uns dies abans els facilitessin una fotografia de carnet.

Així ho van fer, doncs, i dues setmanes més tard, molt de matinada, pujaven al tren amb la Maria, sense dir-li on anaven però assegurant-li que celebrarien el seu aniversari i que s'ho passarien d'allò més bé.

Poc es podien pensar que la Maria patia vertigen i que, cohibida per les circumstàncies, va entrar a la cistella del globus sense atrevir-se a dir que no li feia gràcia. Estava clar que els seus amics s'havien gastat els estalvis per oferir-li aquella oportunitat i que tots estaven entusiasmats amb la perspectiva de l'enlairament. Com els havia de decebre?

La cistella es va començar a moure tan bon punt el pilot va iniciar el llançament de gas dins el globus. Al cap d'un moment estaven a un pam de terra. I poc després, a uns quants metres d'alçada. La Maria, just abans de perdre el coneixement, va arribar a veure que al globus hi havia la fotografia de la seva cara i, angoixada per la por, va arribar a dir: «Per favor, demaneu que em deixin d'**inflar el cap.**» Però ja era tard. El globus, amb el cap de la Maria estampat al mig, tardaria més d'una hora a tornar a terra.

47
Al peu de la lletra

Jugar brut: enganyar, fer trampes.

Els nois tenien un partit de bàsquet contra l'institut que pitjor els queia de tots els instituts del món. Els jugadors del Martinus eren uns milhomes, es pensaven que jugaven millor que els de la NBA i els miraven amb menyspreu, no només perquè en general eren més alts, cosa que sens dubte perjudicava els del Fanals, sinó també perquè eren uns creguts.

El dia abans, durant l'entrenament, en Max va dir que ell tenia la solució i que l'endemà els demostraria que havia descobert de quina manera podien vèncer els contrincants. L'equip, coneixent les excentricitats d'en Max, no va reaccionar amb massa tranquil·litat. De fet, li van demanar que els expliqués quina en portava de cap. Però en Max no va voler dir ni piu. «Ja ho veureu. Confieu en mi», va ser tota la resposta que va donar.

El matí següent, tots a la pista, esperaven amb impaciència l'arribada d'en Max. Faltaven només cinc minuts per començar el partit i encara no havia donat senyals de vida. Li havien enviat WhatsApps, SMS... i res, no havia contestat.

Per fi, uns segons abans que toqués el xiulet de l'inici del joc, en Max es va presentar a la pista. Ningú no se'n sabia avenir: anava cobert de fang, de cap a peus, de fang i de diverses coses més no identificables, com ara alguna salsa similar al quètxup, una altra que recordava la maionesa i una pasta més aviat verdosa que valia més deixar sense identificar, i també duia el cabell untat amb una barreja blanca i espessa que li regalimava galtes avall. L'entrenador, esverat, se li va acostar i li va dir: «T'has begut l'enteniment? Què fas, així?» I en Max, decidit i convençut, va assegurar: «Tranquils. M'han dit que, si **jugava brut**, la victòria estava garantida. He portat brutícia per a tots els altres. Som-hi!»

48
Repte

Jugar-se el sol abans que surti: arriscar-se massa.

Les mascotes d'en Carles i d'en Marcel havien quedat una mica perjudicades després de la intervenció d'en Francesc i la seva nevera de criogenització parcial. Semblaven ressentides o fins i tot emprenyades amb els seus amos, de manera que ja no feien el que acostumaven a fer durant les classes, raó per la qual els nois havien decidit deixar-les a casa fins que recuperessin el seu antic tarannà.

Però en Marcel i en Carles, rivals públics, no podien passar més d'una setmana sense trobar algun motiu de baralla o, millor dit, d'enfrontament, o sigui que aviat van buscar nous reptes amb què crear expectació.

Aquella vegada es va tractar d'un desafiament que havia de tenir lloc a l'examen de música. Va ser en Carles, qui va proposar la juguesca:

–M'hi jugo el que vulguis que no tens nassos de saltar-te més d'una nota de la prova de solfeig.

Eren al passadís de la primera planta, a l'hora d'esbarjo. Estava ple de gent que escoltava el que deien i n'observava les reaccions. La resposta d'en Marcel no es va fer esperar:

–Vaig millor que tu, a música. N'estàs segur?

En Carles va assentir amb el cap.

Es van posar d'acord: cantarien totes les notes menys una. El que deixés de cantar aquella nota més cops, seria el guanyador. Les apostes van córrer pels passadissos del Fanals fins minuts abans de l'examen. Tothom sabia que en Marcel i en Carles **s'havien jugat el sol abans que sortís.**

49
Arribar al límit

Llençar la casa per la finestra: fer una despesa extraordinària.

Germans petits: el gran tema. L'Alba hauria pogut escriure un tractat filosòfic i psicològic, i fins i tot zoològic, sobre l'assumpte, i hauria pogut defensar amb raons i arguments d'una solidesa irrebatible l'extermini, tan lent i dolorós com fos possible, de l'espècie «germans petits»; ella en tenia sis. Eren incomptables les entremaliadures amb què l'havien perjudicada i a causa de les quals els seus pares, sempre disposats a defensar la raça petita, la castigaven a ella sense gairebé intentar esbrinar què havia passat.

El límit va arribar el dia que l'Alba buscava, sense trobar-lo, l'esmalt d'ungles que li havia regalat la seva àvia per l'aniversari. Un esmalt de color blau nit tan absolutament genial que el guardava per a ocasions especials, molt especials, com per exemple el concert, aquella nit, d'Els Fracassats. Havia quedat amb en Lluís, per anar-hi, i estava, sobretot, nerviosa i impacient.

–Algú ha vist el meu esmalt? –va cridar, esverada, quan va veure que se li feia l'hora de marxar–. No el trobo!

La casa va seguir en silenci. L'Alba es va passejar per tot arreu, preguntant a tothom en persona pel seu pintaungles. Per fi va arribar a l'habitació de les dues germanes més petites, que jugaven entretingudes i abstretes amb la seva casa de fusta. Els va demanar si en sabien res i, per la cara que van fer, va endevinar que, en efecte, tenien alguna cosa a veure amb la desaparició del potet de pintura. De cop i volta, l'Alba es va adonar que les portes i finestres de la caseta de fusta estaven tot just pintades del mateix color que l'esmalt. Hi va acostar un dit, en va tocar una i es va tacar. Tot seguit, sense dubtar-ho, va agafar aire i, aixecant-la per sobre del cap, **va llençar la casa per la finestra.**

50 Contradiccions

Matar el temps: perdre el temps fent coses sense importància.

Seguint les paraules del savi xinès, tot i no haver-se-les cregut, en Francesc havia anat omplint la capsa de cartró amb què havia sortit de casa de Li Po. Ara, però, començava a inquietar-lo la idea de tenir temps acumulat. La cosa se li havia descontrolat. Havia experimentat alguns episodis pertorbadors.

Per exemple, la seva mare el cridava sempre a les vuit en punt perquè s'aixequés. Abans de tenir la capseta, en Francesc contestava: «D'acord, d'acord, ara vinc, deu minuts més, per favor.» Aleshores, quan per fi s'aixecava, havia de córrer, perquè el rellotge, lògicament, marcava les vuit i deu o, pitjor, un quart i cinc o més. Ara, en canvi, contestava el mateix, però obria la capseta i comprovava, en sortir del llit, que seguien sent les vuit. Com era possible?

En Francesc va decidir tornar a veure el savi xinès Li Po, que de nou va sentir la seva presència sense que ell digués res. «Seu», li va dir. «Has vingut a tornar-me la capseta», va endevi-

nar. «El temps és relatiu», va afegir. «No és possible tornar-lo. Té vida, es mou, té el seu ritme, es reprodueix i es multiplica, és incommensurable i invisible.»

En Francesc va tardar a reaccionar. Per fi va assentir amb el cap, es va escurar, nerviós, la gola i va declarar: «Doncs em sembla perfecte, però jo no me'n puc tornar a casa amb això. Faci el favor d'ajudar-me. Què puc fer?»

El savi va respirar fondo i va deixar anar: «L'única cosa que pots fer ara és **matar el temps** que hi ha dins la capsa. Però no t'ho aconsello. Tard o d'hora comprendràs que era teu i el necessitaràs.» En Francesc, resignat, es va aixecar, es va posar la capsa a la butxaca i va abandonar la casa del savi a la mateixa hora a què havia arribat.

51
Zoo

Menjar-se les paraules: parlar de manera que no s'entengui què es diu, barbotejar.

Tothom estava molt excitat a Catalunya. Al zoo havia arribat una espècie desconeguda fins aquell moment. La seva descobridora, la doctora Precise Libris, l'havia batejat amb el nom de *Verba manducanti*. Es tractava d'uns animals similars als cargols, però amb potes d'aranya, closca de musclo i cara de mico. Eren hermafrodites i vivien a l'aigua, sempre que fos tèbia i contingués una quantitat d'òxid suficient per mantenir a ratlla la seva tendència a comunicar-se, que, si resultava excessiva, els asfixiava en qüestió de segons. Havien estat descoberts a la selva amazònica.

El Fanals va ser dels primers instituts a demanar hora per visitar els *Verba manducanti*. Els van demanar que entressin en silenci a la sala, on hi havia diversos contenidors de vidre, grans i fondos. Els animals s'hi movien amb lentitud. Les empentes per acostar-se als contenidors eren constants i els professors demanaven xiuxiuejant que seguissin les observacions dels cuidadors, que havien deixat molt clar que no parlessin. Però no hi havia manera. Tot eren crits i bromes, provocacions i preguntes, acudits i comentaris.

De cop i volta, sense avisar, un dels *Verba manducanti* va treure el cap per sobre dels vidres i va intentar mossegar la Berta, o això van pensar tots. L'ensurt els va fer sortir de la sala cames ajudeu-me. Un cop fora van demanar explicacions als responsables de la sala. Aquests no van tenir cap problema a explicar-los que, precisament per això, els havien demanat que no parlessin, i menys en veu alta, un cop a dins. Els *Verba manducanti* **es menjaven les paraules** i si descobrien que algú que estava a prop sabia dir-ne, feien el possible per treure-les-hi de dins.

52
Classe de geografia

Moure el món: fer grans coses.

El món acadèmic resulta molt avorrit, o això és el que pensa la major part de nosaltres, o sigui la major part dels alumnes d'ESO o de batxillerat que correm pels instituts. Les assignatures resulten poc entretingudes, les hores de classe, excessives, i els professors s'ho prenen massa seriosament, com si ens anés la vida amb cada un dels coneixements que ens volen ficar al cap. Quan siguem grans i no trobem feina, què en traurem, de saber o no què són els logaritmes o la situació del país més petit del planeta?

Per això, per fer-ho més amè i suportar amb estoïcisme la trista vida d'estudiant, ens empesquem algunes idees que ens permetin divertir-nos mentre aprenem. L'última d'aquestes propostes ha estat la d'en Ferran, que ha aconseguit convertir les classes de geografia en una autèntica gesta. De quina manera?

En Ferran és una màquina amb la informàtica i els videojocs. Un dia, mirant fixament la pantalla amb què treballen els professors, va pensar que seria bona idea craquejar el sistema de l'institut i entrar-hi durant les classes.

Ho va aconseguir ahir, a geografia. Es va asseure, com sempre, a l'última fila i des d'allà, amb el seu ordinador i sense que ningú no sospités d'ell, va entrar en el programa del professor. Cada cop que l'home es dirigia a la pantalla per assenyalar algun punt del mapamundi, en Ferran li **movia el món** i, en el seu lloc, posava fotografies d'animals, cotxes o actrius. Ara estem tots atents a les represàlies. Sembla que seran sonades. Agafen ganes de fugir a amagar-se al país més petit del planeta, però resulta que, és clar, cap de nosaltres no sap on és.

53
Llegenda

Néixer amb la flor al cul: tenir molta sort.

Va arribar a l'institut Fanals a mig curs. Era intel·ligent, guapa, generosa, simpàtica, amable. Una d'aquelles noies que enamoren tothom i que alhora aconsegueix no ser repel·lent. Es deia Fedora. Parlava amb veu fluixa i molt a poc a poc, però tots l'escoltaven amb atenció.

Aviat es va saber que tenia una raresa molt estranya: mai no es canviava al davant de ningú, als vestidors, després de fer gimnàs. Sempre esperava que totes les altres noies sortissin del lavabo, com si li fes vergonya que la veiessin despullada.

La curiositat és, sens dubte, una de les palanques que fa funcionar el món, però de vegades constitueix un autèntic perill. En aquest cas de què parlem, es va convertir en un malson per a la Fedora. Les seves companyes es preguntaven per què no volia despullar-se davant d'elles. Imaginaven malformacions i malalties estranyes, membres aliens al cos humà, pròtesis ocultes. Cap d'elles no podia imaginar, però, l'explicació d'aquell misteri. Va ser la Lisa, la bocamolla de la classe, qui un dia, després de gimnàs, es va esperar al lavabo per espiar la Fedora i veure-la sense roba. No se'n va saber avenir quan, traient el cap per sota la porta, va veure el darrere de la Fedora: clara i fresca hi havia, al bell mig, una preciosa margarida. La Lisa va sortir del seu amagatall i va preguntar la Fedora què significava allò. I la Fedora, que es va sentir descoberta i indefensa, li va dir que totes les dones de la seva família, des de feia segles, **naixien amb una flor al cul** que de cap manera no es podia treure ni tallar. Va demanar a la Lisa que no ho expliqués a ningú. Al cap d'un quart d'hora tot l'institut n'anava ple. La Fedora va marxar de l'institut dies després i ja no va tornar. S'ha convertit en una llegenda.

54
Armes improvisades

No arribar a la sola de la sabata: ser inferior a algú.

Sortir d'excursió amb els de la classe era sempre un risc innecessari però atractiu, o com a mínim això és el que pensava en Francesc. En general preferia quedar-se a casa, ocupat en els seus experiments estranys, però aquell cop va saber que s'hi havia apuntat la Berta i es va animar: feia temps que li anava al darrere i que ella no li feia cas. Aquella seria una bona oportunitat per entrar-li pels ulls definitivament.

Les coses van anar més o menys bé fins que van arribar a la vora d'un riu que, segons van deduir, haurien de travessar passant per sobre d'un tronc no gaire gruixut, és a dir, fent equilibris. Tots anaven ben vestits i calçats per a l'ocasió, excepte la Berta, que portava una faldilla més aviat curta i sabates de taló. Com se li havia acudit anar vestida d'aquella manera? L'hi van preguntar. I va contestar: «Em pensava que anàvem d'excursió i no a una missió perillosa on havíem d'arriscar les nostres vides; però no patiu, em trec les sabates i s'ha acabat; no suportaria perdre-les, aquestes, que són les meves preferides.» I així ho va fer, se les va treure, les va agafar amb dos dits i se les va penjar a l'esquena.

Va ser cosa de segons: quan la Berta pujava al tronc, seguida per en Francesc, una serp de mida considerable s'acostava des de l'altra banda. Ràpid, en Francesc va agafar d'una estrebada una de les sabates de la Berta i la va llançar contra l'animaló, que la va esquivar sense problemes. La sabata va caure a l'aigua, a sobre d'una pedra que en sobresortia. Esverat per l'accident, en Francesc no s'ho va pensar dues: es va estirar al tronc i va intentar recuperar-la. Missió impossible: moments després, la sabata va desaparèixer engolida per l'aigua. En Francesc va caure-hi al darrere, amb temps per sentir que la Berta deia, rient: **«No has arribat ni a la sola de la sabata!»**

55
Espionatge casolà

No caure bé: desagradar.

La Lisa se sentia profundament marginada. Ningú no li explicava mai res, ningú no li volia fer d'amic, ningú no la convidava a les festes. L'única amiga que havia tingut havia estat una noia romanesa que un any abans havia tornat al seu país amb els pares, de manera que estava sola una altra vegada. L'explicació era senzilla, i la Lisa la coneixia prou bé: era una tafanera, incapaç de guardar un secret. El pitjor de tot era que, sabent-ho, no podia fer res per evitar-ho, era més fort que ella.

Aquell matí va descobrir que els de la seva classe es passaven paperets durant l'hora de literatura. Assentien amb el cap i somreien. Quina en portaven de cap? La Lisa ho va preguntar a l'hora de l'esbarjo, però tothom li va dir que somniava truites, que no passava res d'extraordinari. Tot i així, la Lisa no va deixar de tenir la mosca darrere l'orella i a la tarda, quan van sortir de l'institut, va seguir la Lola, que era la delegada del curs. Va veure que anava a casa seva, i això la va desconcertar. Va esperar amagada al carrer, i, al cap d'una estona, la Lola tornava a sortir amb l'skate. Ho sabia! La va encalçar. Va haver de córrer, perquè la Lola, amb l'skate, anava molt de pressa.

A la plaça del MACBA l'esperava tota la classe. La Lisa, disgustada, va demanar l'skate a un noi desconegut que hi havia per allà. Faria un salt impressionant, que no oblidarien mai. Segur que aconseguiria que l'admiressin i que, a partir de llavors, comptessin amb ella. Decidida, doncs, va pujar-hi, es va enfilar per sobre del mur baix que envoltava la plaça, el va resseguir amb l'skate aixecat i, un cop va arribar al final, es va estavellar de cara contra el terra. Els de la classe es van afanyar per ajudar-la. Algú va dir: «La Lisa mai **no caurà bé**, n'hauria d'aprendre.»

56
Al museu

No tenir cap ni peus: ser absurd, ser un disbarat.

Eren a la cua d'entrada. No els feia gràcia, la visita, però era obligatòria. A més a més, després hi hauria examen. Les típiques preguntetes imprevisibles sobre allò que justament no havien vist perquè els havia passat per alt.

Estàtues. A qui li podien importar unes quantes estàtues fetes no se sap quants segles enrere? Per què no anaven a veure obres actuals, grafits, videoclips, etc.? Els professors semblaven entestats que perdessin l'interès pels estudis.

Aquestes eren les queixes i preguntes que es feia en Guillem mentre pujaven les escales cap a l'interior del museu, un edifici que només veure'l ja feia mandra. Allò era enorme i s'hi havien de passar el dia sencer!

A la primera sala van quedar exhausts. La Patins, la professora d'història, els explicava amb ets i uts cada una de les peces que hi havia allà dins, petites escultures fetes amb fang, cassoles minúscules, fletxes imperfectes, gerros esquerdats, collarets incomplets. Tot allò fet per gent que encara no sabia ni llegir ni escriure! També dibuixos que representaven els poblats i l'aspecte d'aquells éssers antics i prehistòrics. Pures especulacions, sense cap certesa.

A última hora de la tarda, quan arrossegaven tots plegats els peus i se sentien incapaços de memoritzar cap dada més, van arribar a la sala més important de la mostra, la de l'estàtua principal, l'estàtua que, teòricament, reproduïa amb fidelitat un dels habitants d'aquells pobles antics. En Guillem no s'ho podia creure: es tractava d'un cos mutilat! Imprudent i atrevit, va cridar perquè tots el sentissin: «És absurd! Mireu-lo bé! Però si **no té cap ni peus**!»

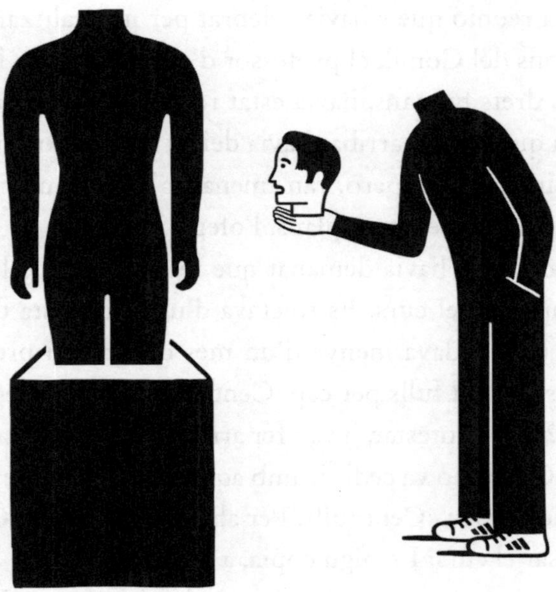

57
Contraatac

No tenir nom: ser insòlit o ser indignant.

L'última reunió que s'havia celebrat per neutralitzar les males vibracions del Conill, el professor d'educació per a la ciutadania i els drets humans, havia estat realment profitosa. La conclusió a què havien arribat havia deixat satisfet tothom. Abans de seguir endavant, però, van amenaçar la Lisa que si se li escapava cap detall dels seus plans, l'ofegarien.

El Conill els havia demanat que fessin un treball individual per aprovar el curs. Es tractava d'una proposta demencial, perquè els quedava menys d'un mes de classe i pretenia que redactessin cent fulls per cap. Cent fulls? S'havia begut l'enteniment? Van protestar, li van fer arribar un text signat per tots, però el Conill no va cedir i, amb aquell seu somriure sarcàstic i antipàtic, va dir: «Cent fulls. Per al quinze de maig. Obligatori per passar el curs. I si algú copia, a setembre!»

Els encarregats de fer les fotocòpies van ser en Ferran i la Lola. Trenta còpies exactes, redactades entre tots. Quan el Conill va arribar a classe, tenia a sobre la taula els trenta treballs, impecablement apilats un sobre l'altre. «Bé, veig que us ho heu pres seriosament. Més val així.»

Al cap de pocs dies va entrar a la classe fet una fúria. Es va posar al davant de l'aula i va anar estavellant els treballs contra el seu escriptori, un per un, mentre deia: «**No té nom**, no té nom, no té nom!» Va ser la Lola, que era la delegada, qui es va aixecar i va comentar: «Que no hi hagi nom vol dir que és en nom de tots, o sigui que ens haurà de suspendre a tots o a ningú.» Es va asseure de nou i, juntament amb els altres, va sentir la pitjor de les respostes: «Tots a setembre i s'ha acabat el bròquil.»

58
La lliçó

No tocar de peus a terra: viure d'il·lusions, no adonar-se de la realitat.

Quan el Conill la va cridar al seu despatx i li va preguntar quins havien estat els instigadors del motí, la Lisa va cantar com una calàndria. Per una banda, perquè esperava obtenir un aprovat al juny a canvi de la seva fidelitat al professor. De l'altra perquè, com ja sabem, la seva naturalesa tafanera no trobava aturador i seguia sempre l'impuls de la xerrameca.

El Conill volia detalls, noms, culpables. I la Lisa li va explicar fil per randa l'assemblea i les intervencions incendiàries de la Lola i d'en Ferran. També li va explicar que li deien «conill» i que a ella la marginaven perquè es posava de part dels professors, és a dir, de la justícia.

Les represàlies van ser immediates: en Ferran i la Lola van ser castigats. El Conill els va dir que, a part del treball de cent fulls, al setembre haurien de passar un examen final de tota la matèria que havien estudiat durant el curs.

Les coses no podien quedar així. La traïdoria no es podia deixar impune. S'havia de donar exemple. La classe, en assemblea, va decidir com reaccionar. Aquella mateixa tarda, en Max, en Ferran i en Marcel van portar la Lisa fins al gimnàs. La van obligar a pujar a una espatllera i no li van permetre baixar fins que no va assegurar que confessaria al Conill que havia estat ella la culpable de tot plegat. La Lisa plorava i suplicava mentre els tres companys li deien: «**No tocaràs de peus a terra** fins que no prometis que ho faràs.» La Lisa va comprendre que no tenia sortida. Va jurar que parlaria amb el professor l'endemà. I ho va fer. Però el professor no la va creure pas; li va dir: «Sé molt bé com ets, Lisa, no veus que toco de peus a terra?» I després va riure més de cinc minuts seguits, com si se la rifés.

59

Vida al camp

No veure un bou a tres passes: veure-hi molt poc.

Setmana Santa: els pares de la Camil·la i la Patrícia havien decidit d'anar a Praga. Sense les bessones.

–Per què no podem venir? –es van queixar elles.

–Perquè no estudieu prou –va dir la mare.

–Anireu amb la tieta Teresina –va anunciar el pare–. L'han convidada a una casa de camp i us hi portarà.

La casa de camp era del mateix amic que els havia ofert temps enrere el refugi a la neu. Una casa atrotinada, sense llum elèctrica i plena de tota classe d'animals i animalons, tant mosques i mosquits com granotes, sargantanes, dragons, ratolins i aranyes. Un fàstic. La Patrícia i la Camil·la no se'n sabien avenir. La tieta Teresina, en canvi, estava d'allò més contenta i es passejava per la casa com si haguessin arribat a una mansió de luxe.

Quan es va fer de nit, la tieta va proposar que anessin a veure les estrelles i la lluna. Va dir que al camp, com que no hi havia el reflex de tots els llums de la ciutat, la nit era més negra i el cel es veia millor. Per tal de no discutir, les bessones van seguir obedients la tieta, que caminava unes passes davant d'elles amb una velocitat poc adequada per la foscor que les envoltava. «Vigila, tieta!», van cridar de cop i alhora les bessones.

Però ja era massa tard. La tieta Teresina havia xocat contra un bòvid remugant que s'havia posat al mig del camí de manera imprevista i ara es queixava estirada a terra, incapaç de tornar a la posició vertical. Les bessones la van ajudar i li van dir:

–Potser la propera vegada haurem d'agafar una llanterna, tieta. Tan fosc com està, els estels potser es veuen millor, però la veritat és que **no veus un bou a tres passes.**

60
Manual d'instruccions

Obrir camí: començar alguna cosa, ser el primer a emprendre una tasca.

Si vostè ha comprat un dels nostres productes, és necessari que tingui present les següents indicacions i que les segueixi amb fidelitat i calma. Qualsevol problema derivat d'un ús incorrecte queda fora de la nostra competència i responsabilitat.

1. Pregunti's on vol anar i per què.
2. Convidi la gent que vol que l'acompanyi (rumiï-s'ho molt bé).
3. Pensi en el que deixa enrere (potser no podrà tornar-hi).
4. Esculli l'instrument d'obertura segons la modalitat adquirida.
5. Emporti's el que li resulti realment imprescindible.
6. Deixi una nota de comiat.
7. Passi-s'ho bé.

Gràcies per utilitzar els nostres serveis. Tenim tot tipus de camins a la venda. No ho dubti, si en necessita algun altre, consulti el nostre mostrari. Tots els nostres catàlegs estan realitzats amb rigor i honestedat.

Esperem que l'experiència d'**obrir camí** hagi estat positiva. Camins per Obrir, SA, els espera en el futur amb sorpreses que no el deixaran indiferent. I si vol regalar un camí, no vacil·li: amb nosaltres trobarà el que necessita.

Advertiment final: Senyors clients, si en obrir el camí adquirit sent marejos o debilitat, torni de seguida enrere i tanqui'l de pressa. No podem garantir la seva seguretat. Ni tan sols nosaltres coneixem en profunditat el contingut de cada camí. Des de l'any 2823 tots contenen forats negres inevitables de diversa procedència i dimensió.

Els desitgem bona sort.

61

Metgessa cirurgiana

Obrir el cor: dir el que es pensa o se sent.

Quan aquella tarda l'Alba va arribar a casa, la seva germana més petita, la Mariví, estava jugant a nines a la seva habitació. Parlava entusiasmada amb una d'elles, i li deia que quan fos gran anirien juntes de viatge, coneixerien llocs meravellosos, pujarien en avió i en vaixell i treballarien a l'Àfrica.

L'Alba va observar la casa de les nines, la que dies enrere havia llençat per la finestra: ara estava una mica atrotinada, enganxada amb esparadraps i fils. Li va saber greu, i va entrar a l'habitació per jugar una estona amb la Mariví.

–O sigui que te n'aniràs de viatge amb la nina, quan siguis gran? –li va preguntar.

–La nina es diu Arola –va puntualitzar la Mariví–. I sí, marxarem de viatge plegades, lluny d'aquí.

L'Alba va agafar una altra nina del prestatge.

–Podem venir ella i jo?

–No –va dir la Mariví, i va afegir:– Aquesta que has agafat es diu Eva.

–Ens agradaria venir –va insistir l'Alba.

La Mariví va arronsar les espatlles i va seguir parlotejant amb l'Arola, sense parar esment en la presència de la germana.

–I com és que dius que treballaràs a l'Àfrica? –va tornar a la càrrega l'Alba.

–Perquè seré metgessa –va dir la Mariví, molt seriosa.

–Ah! Mira que bé! Tindrem un metge a la família!

–Sí –va comentar la Mariví–, seré metgessa cirurgiana. –Llavors va somriure i va preguntar:– Oi que llavors **podré obrir el cor** a l'Arola per saber si m'estima?

62

En defensa de la intimitat

Omplir el cap de cascavells: engrescar, il·lusionar.

L'Alba i en Sergi sortien des de feia un parell de mesos. L'únic problema és que no podien anar a casa d'en Sergi perquè a la mare no li feia gràcia que es tanquessin a l'habitació tots sols i que a casa de l'Alba estaven incòmodes, sobretot perquè la Mariví apareixia a l'habitació sense avisar. Obria la porta i els preguntava, per exemple, si la podien ajudar a agafar unes galetes, que estaven massa altes i no hi arribava, o si podien acompanyar-la al soterrani a buscar una pilota, perquè baixar sola li feia por. El pitjor de tot és que no podien endevinar quan s'acostava i que sempre els provocava un ensurt de mort.

Un dia, en Sergi va dir:

–La teva germana sempre es passeja amb la mateixa nina per tota la casa, oi?

–Sí, l'Arola. Sembla la seva filla. Diu que de grans marxaran a viure a l'Àfrica.

–Doncs, saps què podríem fer? **Li podríem omplir el cap de cascavells.**

–A la meva germana? –es va esverar l'Alba.

–No, dona, a la nina! I així sempre sabríem quan s'acosta. La sentiríem! Què me'n dius?

L'Alba hi va estar d'acord. L'endemà, quan la Mariví era a dormir, van agafar la nina i li van omplir el cap amb tots els cascavells que havien pogut aconseguir.

No van preveure que la Mariví, en adonar-se'n, voldria fer les primeres pràctiques com a cirurgiana. Va decapitar l'Arola sense que li tremolés la mà. Quan li van preguntar per què, va contestar que la nina s'havia tornat boja i que l'operació a què l'havia sotmès havia estat un fracàs. L'Arola havia mort. Ara la seva millor amiga seria l'Eva.

63
El sentit de les paraules

Parlar per les butxaques: parlar molt.

Dos extraterrestres, l'Et i l'Ut, van arribar al planeta Terra amb la intenció d'aprendre a relacionar-se com ho fan els humans, és a dir, mitjançant la paraula. Havien sentit a dir que la comunicació era una experiència interessant, que permetia saber què pensen els altres, intercanviar informació, expressar sentiments i declarar principis o idees. A casa seva, de tot allò no en sabien res. El Departament d'Investigació i Desenvolupament de Noves Tecnologies va escollir l'Et i l'Ut perquè fessin el treball de camp. Els van indicar que el més important era que intentessin fer-se passar per humans i que, així, practiquessin el difícil art de la conversa.

Un cop arribats a la Terra, la sensació de l'Et i l'Ut no va ser pas la que esperaven. No els va semblar que els humans s'entenguessin, més aviat al contrari: cridaven i esbufegaven constantment. Els únics que feien la impressió d'entendre's eren els que es besaven sense dir ni piu.

Tot i així, disposats a portar a terme la seva missió, van comprar roba humana i, enfilats l'un a sobre de l'altre, perquè eren extremadament baixets, van pujar a un autobús amagats sota un vestit amb corbata i un barret d'ala ampla. L'Et, que era el més fort, anava a sota. El conductor va mirar estranyat l'excèntric viatger, i li va preguntar si tenia bitllet. L'Et, que era qui havia après a parlar humà, va dir que no. El conductor es va adonar que **parlava per les butxaques** i va deduir que a sota portava algú amagat que pretenia colar-se. Va aturar el vehicle i els va fer fora d'una puntada de peu.

L'Et i l'Ut van tornar de seguida al seu planeta i van explicar al Comitè que parlar no era pas bona idea. Era millor que a Higgs continuessin fent servir la telepatia.

64
Aeroport

Passar la patata calenta: desempallegar-se d'un problema delegant-lo a una altra persona.

Havien començat les vacances. El Conill, és a dir, el professor Manel Fernández H., havia comprat bitllets d'anada i tornada per a l'illa de Mallorca, on esperava passar un dies de descans i oblidar els disgustos que durant l'any li havia provocat haver de guanyar-se la vida donant classes de civisme a aquells nois i noies incívics de l'institut Fanals. No tenien formes, eren uns salvatges, els odiava.

Va arribar a l'aeroport amb temps de sobra. Podria fer el *check in* i menjar alguna cosa al bar, abans de l'embarcament.

Al bar hi havia una cua considerable. Tot i així, en Manel, àlies el Conill, va calcular que encara anava bé. Va fer la cua i, per fi, va poder demanar una canya i unes braves. Amb els nervis del viatge no s'havia recordat de dinar, i ja eren les cinc de la tarda.

El Conill era molt garrepa. Per això, quan van anunciar el seu vol pels altaveus, es va posar a la butxaca el que li quedava al plat, tot i que sabia que a l'avió no es podien entrar begudes ni menjar. Va anar cap al control. Tot anava bé. Havia aconseguit travessar l'arc detector de metalls i ja recuperava la bossa de mà, el mòbil i la jaqueta quan, de cop, un guàrdia de seguretat li va demanar que aixequés els braços. Havia detectat una font de calor al seu cos. Va voler saber nom, professió, destí del viatge. Mentre el Conill contestava, el guàrdia el grapejava de dalt a baix. A l'alçada de la butxaca de l'americana es va aturar. «Què porta, aquí?» El mirava fixament als ulls. El Conill, avergonyit, no sabia què contestar. «Guaita, el professor d'educació per a la ciutadania i els drets humans!», va cridar aleshores el guàrdia, «**intentava passar la patata calenta**!» Pensant-se que potser duia drogues, el van portar detingut a comissaria. Va sortir a les notícies de la nit.

65
Festes populars

Perdre el cap: no saber el que es fa, embogir.

La família d'en Ferran sempre passava les vacances en un poble on feien unes festes inoblidables. Balls, concerts, bous, teatre, titelles..., de tot. Era impossible avorrir-se i menys encara aïllar-se. D'una manera o altra, s'hi havia de participar.

Justament aquell estiu de què parlem, els amics d'en Guillem havien decidit col·laborar en una de les activitats que es farien als carrers, de manera que el van convidar perquè hi participés. O més aviat perquè els ajudés. Necessitaven algú que tingués transport i en Guillem, allà, disposava d'una moto.

Li van demanar que anés al poble del costat, a setze quilòmetres, a buscar algunes coses que els feien falta per acabar d'arrodonir l'actuació a la plaça Major. Li van dir que era millor que se n'hi anés tot sol i, així, li quedaria lloc al seient de la moto per portar el que havia de portar, que feia un bon embalum.

A en Guillem li va costar de creure el que havia de carregar. Es tractava d'un cap gros. Com dimonis volien que ho portés a la moto, allò tan gran?

Només hi havia una manera, i era posar-se'l. Convençut que era l'únic sistema possible, en Guillem se'l va encasquetar i va emprendre el camí de tornada per la carretera, solitària a aquelles hores, per sort, a una velocitat mínima i amb por de caure o d'ensopegar amb algú. De sobte, un eriçó va envair la carretera. En Guillem va intentar frenar, per no trepitjar-lo. Va perdre el control de la moto, que va acabar estavellada contra una bala de palla immensa. La palla on en Guillem va amagar el cap gros, que s'havia fet miques davant dels ulls astorats de l'eriçó, que, finalment, va decidir no travessar la carretera. En Guillem, desolat, va pensar: «**He perdut el cap**! I ara què?»

66
Missió impossible

Perdre la son: desvetllar-se, no poder dormir.

La tieta Teresina es va dirigir a la farmàcia amb la intenció de solucionar definitivament el seu problema. Feia dies que no podia dormir, massa dies, i va decidir que, si no hi posava remei, emmalaltiria. Va baixar al carrer, va caminar de pressa amb les seves passes curtes i segures, amb la bossa ben agafada sota el braç i la mirada atenta al seu voltant, per si trobava algun conegut o passava alguna cosa interessant que pogués explicar després a les veïnes. Al cap d'uns minuts va arribar a la farmàcia, una mica suada i amb la cara vermella per l'esforç.

El senyor Antònio ja la coneixia d'altres vegades i sabia que, per norma general, la senyora Teresina demanava coses difícils de trobar, barreges que no es podien aconseguir o experiments que no estaven autoritzats. Per això, en veure-la arribar, es va posar en guàrdia. «Vostè dirà», li va dir, després de saludar-la amb amabilitat i preguntar-li com es trobava.

La tieta Teresina va explicar el seu cas i el senyor Antònio, sorprès i satisfet perquè es tractava d'una malaltia comuna, que es podia tractar amb una gens menyspreable varietat de pastilles, va exposar a la clienta les moltes possibilitats que li podia oferir. «Ja veu que aquesta vegada pot escollir», va dir el farmacèutic, ufà i orgullós. Però la tieta Teresina no semblava pas contenta ni conforme. «Pastilles?», va dir. «Pastilles?», va repetir amb veu més alta. «No em faci riure, Antònio! Li acabo de dir que **he perdut la son**! Com vol que la trobi en una pastilla? El que jo he vingut a buscar, senyor meu, és un mapa, m'entén? El mapa que em deixi arribar al lloc on s'hagi amagat la meva son. En té algun, o hauré d'anar a una altra farmàcia?»

67
El mètode

Pesar figues: endormiscar-se, fer becaines.

La Maria va explicar a en Francesc, de qui s'havia fet molt amiga en els últims mesos, que dubtava molt a l'hora d'escollir els estudis universitaris i que necessitava un consell. Els seus pares volien que estudiés arquitectura, però ella preferia literatura.

Aleshores en Francesc li va comentar que ell havia anat a visitar el savi xinès Li Po i que li havia semblat realment un home interessant, capaç de sorprendre per les seves respostes i per la manera com hi arribava. La Maria li va demanar que l'acompanyés la setmana següent, i en Francesc va accedir-hi. Potser ho aprofitaria per consultar-li alguns dubtes, també ell.

Quan van arribar al cau d'en Li Po, el savi xinès va dir: «Abans d'entrar, aneu a buscar un quilo de figues.» La Maria i en Francesc es van mirar intrigats, però van obeir les indicacions. Un cop van tornar amb la fruita, Li Po els va demanar que s'asseguessin a terra i els va posar al davant una bàscula romana amb els plats buits. Li Po va continuar parlant: «Maria, has vingut per conèixer la mida dels teus desitjos i decidir què et convé.» La Maria va assentir. I Li Po va somriure i va afegir: «No hi ha res més difícil de conèixer que el propi desig, sempre amagat darrere el desig dels altres. Posa una figa en un dels plats i, a l'altre, col·loca el que imagines que passarà si estudies cada una de les carreres que t'agraden. Quan els dos plats quedin a la mateixa alçada, sabràs el que has de fer.» «**Pesant figues**, l'encertaré?», va preguntar, incrèdula, la Maria. «La figa és coneguda com "la fruita dels filòsofs", i era la preferida de Plató», va assegurar el savi xinès. «El mètode de pesar figues ve de lluny, i mai no ha fallat. Sort.» Li Po es va aixecar i va desaparèixer de l'habitació després d'encendre dues espelmes. La Maria es va decidir per la literatura.

68
El concurs

Pixar alt: tenir moltes pretensions.

En Marcel i en Carles no en van tenir prou, amb l'enfrontament del dia de carnaval, i encara van buscar una altra ocasió, aquell curs, per mesurar les seves forces.

Aquell cop va ser en Marcel qui va desafiar en Carles. Li va proposar que pixessin alt. En Carles el va mirar intrigat i en Marcel va insistir: «El que pixi més alt, guanya.»

Tenien una setmana per preparar les seves estratègies. Tothom a l'institut es va assabentar del nou repte. L'enfrontament tindria lloc divendres de la setmana següent, a dos quarts de dotze, a la platja de la Barceloneta.

La platja estava de gom a gom. Les apostes corrien de mà en mà. Com sempre, estaven igualades; en Marcel i en Carles tenien el mateix nombre de seguidors i seguidores. La tensió de l'ambient es podia tallar amb unes tisores.

El primer a arribar va ser en Marcel. Ho feia enfilat en unes xanques realment altes que el situaven molt per sobre de l'alçada humana. Caminava a poc a poc i, quan el van veure, tots els seus seguidors van aplaudir entusiasmats. Des d'allà, en Marcel **va pixar ben alt** i, després de fer-ho, va baixar a terra, per esperar la sorpresa preparada per en Carles.

De cop i volta, un regalim líquid va caure davant dels ulls de tots plegats. En mirar cap a dalt, van veure que es tractava d'en Carles, que volava una mica més amunt, en una ala delta. Òbviament, havia guanyat. Els aplaudiments van ser ben sorollosos, tant que van esmorteir l'estrèpit de la patacada que, segons més tard, es va pegar en Carles en caure precipitadament a terra i trencar-se, de nou, tres costelles, un braç i una cama.

69
Nou alumne

Portar la casa a sobre: ser molt pobre.

Des del principi els va semblar excèntric. Vestia d'una manera cridanera, amb colors molt vius i peces de roba més aviat estranyes, com ara barrets amb cascavells a la punta o botes fins a les cuixes. Arribava a l'institut muntat en una bicicleta alta, d'una sola roda, i els seus coneixements no tenien res a veure amb els dels companys. Sabia moltes coses sobre estels i geografia. Sobre animals i el que menjaven. Sobre equilibri i trucs de màgia. Alguna vegada l'havien acompanyat els seus pares, que, sincerament, eren dignes progenitors d'un fill com aquell, perquè també semblaven diferents de tothom.

Es deia Bernard de la Clotet. Als companys i professors els feia gràcia, aquell nom, perquè, a més a més, en Bernard de la Clotet sempre el deia complet i no permetia que ningú no l'hi digués sencer.

Un dia, en Bernard de la Clotet va explicar que la setmana següent era el seu aniversari i que, per celebrar-lo, els seus pares li havien dit que muntarien una gran festa. «Una gran festa inoblidable», van ser les seves paraules exactes. I va afegir: «Si jo fos de vosaltres, no me la perdria.»

Ningú no pensava perdre's la festa d'en Bernard de la Clotet. Quan li van preguntar on es faria, els va contestar que a casa seva. I quan li van preguntar l'adreça els va deixar ben sobtats amb la resposta: «Encara no ho sé. Nosaltres **portem la casa a sobre**. O sigui que... depèn. Us ho diré el dia abans.»

I el dia abans els va indicar on seria casa seva i, quan van arribar-hi, ho van entendre tot: en Bernard de la Clotet vivia en una rulot, just al costat del circ on treballaven els seus pares, que eren el pallasso i la trapezista.

70 Recursos d'urgència

Posar-se el món per barret: despreocupar-se de tot.

La tieta Teresina sempre havia estat una dona decidida i pràctica, des de ben jove. Tothom recordava aquella ocasió, per posar un exemple, en què, per no molestar ningú demanant-li que passés de tant en tant per casa seva, havia col·locat en una xarxa tots els peixos de la peixera i els havia dut fins al mar perquè hi passessin les vacances, pensant que a la tornada els trobaria. Va deixar la xarxa submergida, agafada per l'altra punta amb una pedra. El vent i la pluja van moure la pedra i la tieta Teresina mai no va recuperar els seus peixos.

Les reunions familiars acabaven gairebé sempre amb l'explicació d'un reguitzell d'anècdotes referides a les solucions imprevistes i esbojarrades de la tieta.

L'última havia estat durant un viatge de la tieta Teresina a Viena, una ciutat que li agradava molt perquè, com deia ella mateixa, estava molt neta i la gent parlava una llengua que ella no entenia, raó per la qual es relaxava d'allò més. La tieta, que sentia una especial predilecció pels museus petits, n'havia trobat un de ben curiós on hi havia exposats una quantitat impressionant de preciosos globus terraqüis, alguns molt antics. Els va observar amb atenció, en va fer unes quantes fotos i, a l'hora de marxar va veure, quan va ser a la porta, que plovia a bots i barrals. No s'ho va pensar dues vegades: va tornar enrere, va obrir un dels globus per la meitat i **es va posar el món per barret**. No estava pas disposada que se li fes malbé el pentinat.

Va acabar a comissaria, on, com és natural, no va entendre de què se l'acusava. Entre altres raons, perquè l'hi van dir en alemany. Els pares de la Patrícia i la Camil·la van haver d'anar a rescatar-la.

11

Desacord

Quedar a la lluna de València: quedar frustrat, decebut.

La pàgina on es pactava la reunió havia rebut tantes visites que es preveia una trobada de dimensions gegantines, digna del llibre de rècords Guinness. A l'institut Fanals la notícia s'havia escampat amb la velocitat d'un rumor sucós i gairebé tothom havia decidit apuntar-s'hi. Era el següent cap de setmana. Havien de dur el portàtil, tendes de campanya i menjar. I havien d'estar disposats a passar quaranta-vuit hores seguides sense dormir. Ho retransmetrien per televisió. D'allà sortirien dos campions internacionals i premis diversos. Era emocionant.

Però no tot estava clar. Les instruccions semblaven contradictòries. Què volia dir que **quedaven a la lluna de València**? Les discussions van ser sonades. Hi havia qui defensava que es tractava d'un bar situat al barri antic. D'altres deien que, precisament, l'hora de la trobada era la nit perquè hi hauria lluna plena i que es tractava de buscar en quin lloc el satèl·lit es reflectiria de manera completa, segurament a la platja.

La qüestió és que cadascú va anar cap on li va semblar més adequat i que, la nit del divendres, tots els que van acudir a València es van acomodar en llocs diferents. La dispersió va ser tan gran que es van suspendre tots els actes.

Dies després, a la mateixa pàgina web on s'havia publicat la proposta, sortia una explicació dels organitzadors en què informaven els participants que la lluna de València era un web creat especialment per a l'ocasió i que, per culpa de la confusió que havia provocat, no havia estat visitat per ningú. Deien també que, a causa del fracàs estrepitós de la primera convocatòria, en farien una segona, i que quedarien a tres quarts de quinze. La polèmica estava servida.

72
Els déus. Treball de filosofia de la Lola

Remoure cel i terra: esforçar-se molt per obtenir alguna cosa.

El déu del temps i el déu de l'espai discutien aferrissadament. El temps havia deixat en préstec a l'espai un llibre inacabable que, ara, l'espai no sabia on havia posat, raó per la qual no l'hi podia tornar.

Els dos déus van decidir dur el cas als tribunals. La baralla havia arribat massa lluny i no hi havia manera de resoldre-la.

Així doncs, tots dos es van dirigir al Tribunal Superior del Món Diví, on els va atendre, amb cara de pocs amics, la deessa dels conflictes. Primer de tot els va dir:

–He de reconèixer que em teniu una mica farta. Us baralleu molt sovint, vosaltres dos, i hauríeu d'aprendre a conviure. És molt pesat haver d'estar tota l'estona trobant la manera d'encaixar l'espai amb el temps.

El dos déus van abaixar el cap i, tot seguit, quan se'ls va demanar, van explicar el que havia passat.

La deessa dels conflictes els va escoltar amb paciència, es va aixecar, va sortir un moment de la sala hipòstila, es va passejar pels jardins de les idees i, en tornar, va donar el seu veredicte i va dictaminar el següent:

–He arribat a una conclusió i el Consell l'ha aprovada en sessió urgent i extraordinària. El déu del temps remourà la terra i el deu de l'espai remourà el cel. Un cop hàgiu **remogut cel i terra** i hàgiu trobat el llibre inacabable, tornareu a veure'm. Obrirem el volum i llegireu cadascú de vosaltres un fragment durant tota l'eternitat. Sereu indivisibles i inseparables. Ja mai més no podreu existir l'un sense l'altre. Cadena perpètua. I ara, marxeu.

13
La justícia. Treball de filosofia d'en Max

Robar el temps: fer perdre el temps.

Som a l'any 2800. El gran somni de l'ésser humà s'ha assolit: es coneix la manera d'arribar a la immortalitat. No tothom, naturalment. Només els privilegiats poden accedir a la possibilitat de viure per sempre més. Com? A costa dels altres. És a dir, hi ha qui pot viure fins al final dels finals sempre que trobi la manera de quedar-se amb el temps que li tocava a un altre.

La moneda de canvi és el tempus. Els sous es cobren en tempus i els bancs guarden tempus. No hi ha diners. El món ha entès que les hores, els dies, els anys són l'única cosa que de debò no té preu.

En Jano és un noi gairebé idèntic als altres. Potser més sensible, potser més pacient, potser més ràpid. El que de debò el distingeix, però, és el seu concepte de justícia. En Jano no es conforma, creu que el món pot canviar i que els canvis que s'han de fer no vindran dels rics, que tenen por de perdre-ho tot, sinó dels pobres, que no tenen res a perdre.

En Jano idea un atracament al banc més poderós del món per **robar el temps**. Treballa amb la Fiona. Dia i nit. Els plànols de la part de sota l'edifici, els plànols de dins el banc, els horaris dels treballadors i, el que és més important, la manera d'accedir a les màquines del temps i d'extreure'n el contingut. Ja ho tenen tot.

La població dorm més profundament les nits de lluna plena. Escullen la primera. Entren a l'entitat, aconsegueixen arribar a la sala blindada, tenen al davant tot el temps del món. Dubten: és millor regalar-lo als que no en tenen o destruir-lo definitivament?

14
Expedició

Rompre el glaç: suavitzar una situació tensa, decidir-se a parlar amb una persona.

En Conrad, el capità, mira fixament la tripulació. Estan esgotats i els costa continuar endavant. Intenta animar-los mentre mira cap a l'horitzó de gel i pensa que, un cop arribin a l'aigua, les dificultats seran encara més grans.

Arrosseguen amb esforç indescriptible la barca amb què salparan dos d'ells per anar a buscar ajut. L'Antàrtida s'ha emportat ja dues vides. En Conrad se'n sent responsable. Com podia preveure aquell desastre? Com era possible que el vaixell s'hagués travat tan sobtadament entre aquelles plaques de gel? La proa de l'embarcació obria amb èxit la capa blanca fins que, de cop i volta, els va arribar la quietud absoluta. Cap moviment. El silenci semblava sòlid. El soroll dels caps contra els pals ressonaven en aquella volta gairebé fosca del cel de vesprada. Es va sentir un crit des de la part més alta del pal de la major: «No avancem!» Van baixar a terra. Tots. Van intentar moure la nau amb empentes i cordes. No hi va haver manera. Havien d'abandonar-la i seguir a peu. Van reunir provisions, van enganxar la barca salvavides i van iniciar el trajecte cap al nord. Era l'única sortida.

Ara en Conrad sap que, si abandonen la barca, tot s'haurà acabat. Comprova, però, que les forces dels seus homes s'estan acabant. Pensa: «Serà pitjor, morir sense esperança?» Considera oportú parlar amb els oficials. Els crida. Diu als seus homes que poden descansar: morts de fred, s'arrauleixen i esperen. La barca queda sola al mig del gel. Sembla un animal mort. De sobte se sent un soroll desconegut i esfereïdor. Com si el planeta es partís per la meitat. No hi ha temps per a res. **Es romp el glaç**. Els homes i la barca queden separats. La barca s'allunya. S'allunya la vida. És el final.

15
Llibres de cuina

Somiar truites: imaginar que coses impossibles es faran realitat.

Els pares de l'Ot havien marxat de cap de setmana. Entusiasmat amb la idea d'una vetllada romàntica amb la Gabriela, va comprar una targeta, hi va escriure una invitació per a un sopar, la va posar en un sobre i, aquell dijous, l'hi va donar. La Gabriela la va llegir, divertida, i li va dir que sí, que dissabte seria a casa seva a dos quarts de vuit en punt.

Dissabte a dos quarts de vuit menys cinc l'Ot estava desesperat. Al matí havia trobat un llibre de cuina de l'àvia, havia revisat de dalt a baix les receptes, s'havia decidit per un menú que li havia semblat fàcil i havia anat a comprar tots els ingredients necessaris. Ara, però, veia que el més complicat era entendre bé les instruccions, cosa que, pel que semblava, ell no havia aconseguit. Tenia els fogons plens d'ou, el terra brut, la roba tacada i la paciència corcada. Res no havia sortit com estava previst.

El timbre el va enganxar netejant el desastre. Va tardar més de tres minuts a respondre. La Gabriela estava a punt de marxar quan l'Ot va obrir la porta. Amb cara de circumstàncies, la va acompanyar fins a la sala, on sonava una música suau i hi havia la taula, molt ben parada, amb estovalles i copes i coberts ben disposats. El problema era que, evidentment, no tenien sopar. Avergonyit, l'Ot va haver de confessar els accidents que havia patit quan intentava preparar una truita de patates i ceba. Llavors la Gabriela, que aquell dia estava de molt bon humor, li va dir que la seva àvia sempre comentava que fer una bona truita era més difícil que la més complicada de les receptes, de manera que el que li proposava era que deixessin de **somiar truites** i que demanessin una pizza, que d'aquella manera tindrien més temps per a ells. Quan va arribar la pizza estaven tan distrets que ni van sentir el timbre.

76
Sorpresa!

Sortir de l'armari: declarar-se públicament homosexual.

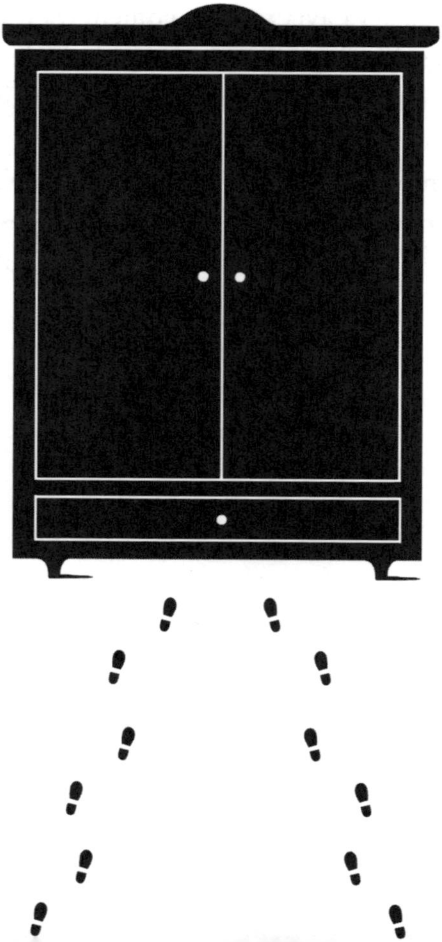

La Patrícia i la Camil·la discutien. De qui havia estat la idea? Totes dues s'acusaven en va. De fet, l'important no era saber qui n'havia estat la culpable sinó sortir d'aquella situació ridícula que feia la sensació que s'allargaria molt més de l'aconsellable i el suportable.

Havia quedat clar que empènyer no servia de res. Els clips que duia la Camil·la al cap, tampoc. Els crits que totes dues emetien amb perill d'esgargamellar-se, menys encara. Què podien fer?

L'aniversari de la seva mare n'havia estat la causa. «Com podríem sorprendre-la?» Van fer unes disfresses. La Camil·la anava de granota i la Patrícia, de girafa. La seva mare treballava al zoo i segur que li faria gràcia la idea dels animals. Per fer-ho encara més especial, s'amagarien. On? En un lloc que no es descobrís ràpidament però que, en canvi, la seva mare necessités visitar per algun motiu el dia de la celebració. Al seu dormitori: sota el llit? No era segur que hagués de mirar-hi. I doncs? A l'armari! S'encabirien a la part dels penjadors, entre vestits, abrics i bruses, i esperarien pacientment que la mare l'obrís per canviar-se de roba, quan arribés de la feina.

Un cop a dins, els va sonar el mòbil. Com que van tardar a trobar-lo, va saltar el contestador. Van escoltar el missatge: tant la mare com el pare arribarien tard, potser de matinada; hi havia hagut algun problema greu amb la tieta Teresina. Aleshores les bessones **van decidir sortir de l'armari**, però la porta se'ls havia tancat de cop i des de dins era impossible obrir-la. «Morirem asfixiades», va dir la Patrícia. «Per culpa teva», va dir la Camil·la. La granota i la girafa es van quedar adormides en la foscor.

11
Cita d'hivern

Sortir fum del cap: atabalar-se.

La Gabriela havia quedat amb l'Ot a dos quarts de deu davant del cinema. Hi vivia a prop, de manera que no va haver de córrer gaire. De fet, va deixar el tema dels cabells, que tant la preocupaven sempre, per a l'últim moment. Tenia una melena molt llarga, morena, arrissada i abundant, que tothom admirava i alabava. Aquell dia, però, havia decidit portar-la llisa i per això va fer servir, amb els cabells encara humits, la planxa amb què la seva mare dominava la seva rebel cabellera rossa. S'hi va passar una bona estona, és cert, però el resultat no podia ser millor. N'estava ben contenta. Es va contemplar al mirall, es va repassar la roba, les sabates, el maquillatge, i va pensar que, aquell dia, realment es guanyaria aquella frase que sempre li dedicava l'Ot: «Ets la meva deessa.»

L'Ot l'esperava a la porta. Tan bon punt la va veure li va dedicar, primer, un somriure d'orella a orella. A mesura que se li acostava, però, va aparèixer una ganyota de preocupació. Semblava esverat. La Gabriela li va preguntar amb un gest què li passava, però l'Ot ja ni la mirava, havia desaparegut vestíbul del cinema endins, com si s'hagués descuidat alguna cosa, com si hagués recordat algun detall irrenunciable a l'últim moment. Va sortir armat amb un gerro. La Gabriela no se'n sabia avenir. Realment, aquell noi mai no seria normal del tot. La sorpresa va ser encara més gran quan, sense avisar, l'Ot va aixecar el gerro per sobre del cap i li va llençar amb totes les seves forces el contingut, és a dir, un ram de roses i una bona quantitat d'aigua. La Gabriela se'l va quedar mirant com si veiés visions. Content de la seva ràpida reacció, l'Ot li va dir: «És que **et sortia fum del cap.**» Ella, xopa, va comprendre que el fred de l'ambient havia convertit en fum l'escalfor que la planxa li havia deixat als cabells.

18
Somni

Temptar el diable: arriscar-se, fer coses perilloses.

Es tracta d'una botiga amagada entre boires. A la porta hi ha un cartell que diu «Infern. Es compren ànimes i altres elements invisibles». En Max hi entra. Fa estona que camina, està cansat i necessita diners.

A l'interior el rep un home jove, de pell vermella. Té dos bonys a banda i banda del cap. Va vestit de negre, amb capa. L'establiment està ple d'andròmines inútils. Un piano sense tecles, gàbies buides, cordes que pengen de bigues plenes de teranyines, llibres replets de pols, ganivets esmolats, joguines de llauna despintades, moltes portes tancades. En Max pregunta on menen aquelles portes. El venedor diu que, per esbrinar-ho, ha de pagar. En Max arronsa les espatlles i riu. A aquestes altures, ja sap qui és en realitat el venedor, de manera que el que es pregunta és com s'ho farà per temptar-lo: amb quina estratègia **es pot temptar el diable**?

En Max assegura que està disposat a vendre's l'ànima. El diable s'interessa per l'oferta i posa un preu. En Max nega amb el cap i proposa una barata. Li canvia la seva ànima per la d'ell. El diable no ho accepta, deixa anar una riota. En Max insisteix: li assegura que, un cop les hagin intercanviades, podrà saber què se sent amb una ànima humana; li promet que, després, si ho desitja, l'hi tornarà. El diable s'ho rumia i finalment accepta. El canvi d'ànimes provoca una llum tan forta que fa que en Max, enlluernat, es tapi els ulls, ferits. Llavors sent una veu que diu: «Hora d'aixecar-se, Max. Deixo el llum obert. Espavila», després un cop de porta i les passes del seu pare que s'allunya pel passadís cap a la cuina, on l'esperarà per esmorzar.

19
Oral

Tenir a la punta de la llengua: no poder dir una cosa que se sap però que en aquest moment no es recorda.

Havia estudiat i s'ho sabia tot de memòria. Havia repetit els noms dels reis i reines, les dates de naixement, les guerres guanyades i perdudes, els territoris conquerits, les obres d'art fetes a partir dels fets històrics, els filòsofs i historiadors que se n'havien ocupat. Una setmana seguida estudiant dia i nit. Necessitava un sis per aprovar el curs. La Patins ho havia deixat ben clar: «Guillem, aquest cop, si no estudies, no t'ho passaré per alt i hauràs de recuperar al setembre.»

Anava orgullós i segur. Havia explicat a casa i als amics que estava convençut que trauria fins i tot un set. A casa, els últims dies, havia practicat amb el seu germà, que li feia preguntes difícils i recargolades. Les encertava totes. Mai no havia anat tan preparat a un examen.

Era una prova oral. Quan va arribar el seu torn, la Patins li va demanar que, com tothom, sortís a la pissarra. En Guillem es va aixecar de seguida, disposat a deixar-la bocabadada.

Va amagar el xiclet, es va posar dret i va caminar animat cap al davant de la classe.

La Patins va deixar anar la primera pregunta. Quan anava a contestar, en Guillem va notar que el xiclet li feia un nus a la boca. Intentava parlar, però no podia. Mai no li havia passat res de similar. Volia escopir: impossible. Va fer un parell de salts, per desempallegar-se'n. En va. Notava que el **tenia a la punta de la llengua**. Clavat. Què hi havia, en aquell xiclet? Es va assenyalar la boca amb l'índex, desesperat, amb els ulls plens de llàgrimes. Però ja era tard. La Patins, cansada d'esperar, li havia demanat que tornés al seu seient. Es veurien al setembre.

80
El pardal. Redacció d'en Guillem

Tenir cervell de pardal: no ser gaire intel·ligent.

El moment és un [illegible] que es [illegible] de les mes-
aviat de morir [illegible] quan es [illegible]
els pardals es [illegible] de la seva condició de la
seva relació amb els altres [illegible] quan que con-
tinua el seu [illegible] en llocs [illegible]
bé tenen [illegible] per desaparèixer-los quan s'escapen
de l'alba.

El [illegible] marxen [illegible]
bet [illegible] de primer [illegible] que
[illegible] setmanes.

El pardal és un animal que és un ocell. Té ales i vola. És més aviat de mida petita i salta una mica quan és a terra. Observant els pardals es pot intuir gran part de la seva conducta i de la seva relació amb els altres. Fan un soroll curt i suau que constitueix el seu cant. Viuen en llibertat però hi ha qui s'ho passa bé llençant-los pedres o fins i tot disparant-los amb escopetes de balins.

El pardal és de color marronós amb el pit blanc o clar; té el bec d'un to gris clar. Està recobert de plomes i és una au que viu una mitjana de set anys.

S'alimenta de deixalles i conviu amb l'ésser humà a la ciutat, com ara els coloms o, a llocs de mar, les gavines. És sedentari i no massa llest. Vola poc. Fa els nius amb herba seca; els nius solen estar molt mal acabats.

Jo passo dels pardals perquè, en general, els ocells no m'agraden. Si em trobo sol en una sala amb un animal amb plomes sento angúnia i necessito sortir com més aviat millor, si no per la porta, per la finestra.

Si jo fos pardal em sentiria insegur i trist. Preferiria ser qualsevol altre animal, com ara una foca o un gos, tot i que si fos una foca no m'agradaria viure en un zoològic i si fos un gos no voldria ser el del Conill. El que més ràbia em faria de ser pardal seria **tenir cervell de pardal**, perquè calculo que seria encara pitjor que tenir el meu, tot i que el meu em fa ficar en embolics de tant en tant, sobretot durant els exàmens, quan intento defensar les meves idees o quan m'agrada alguna noia.

De vegades els meus pares em diuen que tinc cervell de pardal. Hi he pensat molt. Potser tenen raó, no ho sé.

81
Món inexplicable

Tenir el cap als peus: tenir poc coneixement.

En Bernard de la Clotet marxava de l'institut. El circ on treballaven els seus pares començava una gira internacional (els rumors deien que parlaven de gira internacional però que, en realitat, no anaven més amunt de Portbou ni més avall d'Alcanar) i s'havia d'acomiadar dels companys. La qüestió és que els pares d'en Bernard de la Clotet van decidir fer una altra festa, tan sonada i impressionant com la que havien organitzat pel seu aniversari. Aquest cop, però, no seria a casa seva, sinó a la carpa.

Dissabte, a les set en punt de la tarda, les portes del Circ Ratatuil s'obrien de bat a bat perquè hi entressin tots els convidats. Ningú no podia preveure el que passaria allà dins. En Bernard de la Clotet els havia advertit que no se'n sabrien avenir. Que, si no s'hi atrevien, no hi anessin. I què havia passat?

Tot just entrar es produïa un efecte màgic inexplicable. Les coses quedaven cap per avall o, segons es mirava, cap per amunt, és a dir, al revés. El sostre era a terra i el terra era al sostre. Les cadires eren allà dalt i els llums, allà baix. Els companys d'en Bernard de la Clotet s'observaven admirats i intentaven demanar explicacions al propi Bernard de la Clotet, que semblava d'allò més habituat al que passava. Cridava: «Heu ingressat en un món inexplicable. Quan sortiu d'aquí, us semblarà un somni. Però recordeu: això que veieu, s'haurà esdevingut.»

En efecte, un cop van abandonar la gran festa, els companys d'en Bernard de la Clotet van concloure que era impossible el que havien viscut, a pesar que tots recordaven el mateix: allà tothom **tenia el cap als peus**. De fet, després d'allò, i durant uns dies, van notar que el cap els pudia a formatge i els peus, a xampú.

82
La mesura de les coses

Tenir la mà foradada: gastar molt, malgastar.

Hi havia un regne, fa segles i segles, on les coses es decidien segons la voluntat d'un sol ésser, molt ric i molt injust, anomenat Patapàs.

Patapàs no era home ni dona. No era jove ni vell. Era una criatura poderosa que amagava la seva identitat al darrere dels murs elevadíssims d'un castell construït per obrers als quals els fallava el sentit de la vista. Es va arribar a dir que si Patapàs sospitava que n'hi havia algun que s'hi veia, ordenava penjar-lo al sol fins la seva mort.

Un dia, Patapàs va jugar amb foc i es va cremar. Tant es va cremar que es va fer una ferida incurable. Cap metge del seu regne ni de tots els regnes coneguts aleshores a la Terra va ser capaç de guarir-lo, a pesar de les fortunes que Patapàs va oferir a canvi d'algun remei. A partir d'aquell moment, **va tenir la mà foradada**. El seu dolor era molt gran i molt intens, i la seva ràbia molt profunda i molt rabiosa. Va demanar als savis que treballaven per a ell que inventessin alguna manera d'alleugerir aquella desgràcia, però no van trobar cap solució satisfactòria: un es va inventar els escacs, un altre les dames, un altre un solitari i algun va idear un laberint. Cap d'aquelles idees no va satisfer Patapàs.

Finalment, un home miserable que desitjava obtenir fama i poder, va arribar a la conclusió que Patapàs necessitava només una cosa per sentir-se millor. Content per la troballa, se'n va anar a visitar-lo i li va dir: «Sé com alleugerir el teu mal. Fes que l'infligeixin a tots els teus súbdits. El seu sofriment farà més petit el teu.» Patapàs va riure sense fre i va estar d'acord amb la proposta del miserable, que, naturalment, entre crits desesperats i reclamacions desateses, va ser la primera persona a qui van foradar la mà.

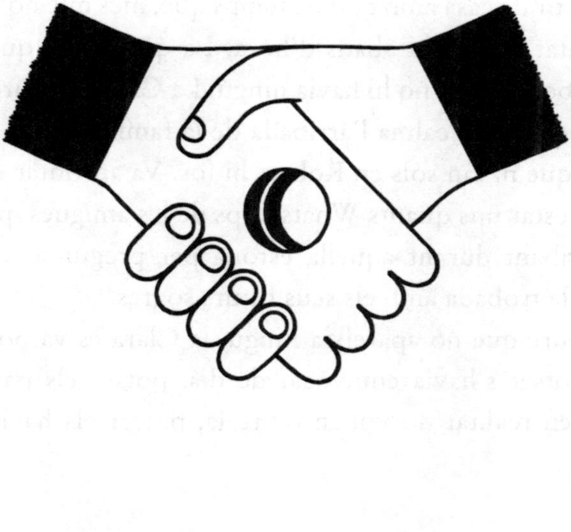

83
Confusió

Tocar el dos: anar-se'n, fugir.

La Clara va ser convidada a casa d'en Robert per celebrar l'aniversari del seu pare. Com que li havien explicat que era aficionat a l'aeromodelisme, dies abans havia anat a la llibreria a buscar un volum amb il·lustracions sobre el tema. S'havia gastat bona part dels seus estalvis i n'estava satisfeta.

Va sortir de casa amb tant de temps que, més que no pas amb puntualitat, va ser-hi abans d'hora. La qüestió és que a casa d'en Robert encara no hi havia ningú. La Clara va seure al portal a esperar amb calma l'arribada de la família. Li va semblar estrany que ni tan sols en Robert hi fos. Va aprofitar el temps per contestar uns quants WhatsApps de les amigues que li van anar arribant durant aquella estona per preguntar com havia anat la trobada amb els seus futurs sogres.

En veure que no apareixia ningú, la Clara es va posar nerviosa. Potser s'havia equivocat de dia, potser els pares d'en Robert en realitat no volien rebre-la, potser els havia passat alguna cosa, potser li havien donat malament l'adreça. Potser, potser, potser.

Quan passaven dos quarts de l'hora que l'havien convocada, la Clara va entrar a l'edifici. Hi havia una senyora gran que esperava l'ascensor. Van pujar-hi juntes.

–On vas? –li va preguntar la senyora amb posat seriós.

–A casa d'en Robert –la va informar la Clara.

–Ah, jo també! Però serà millor que **toquis el dos** –li va proposar.

La Clara, atordida, va sortir de l'ascensor i va sortir de nou al carrer. La senyora es va quedar ben sobtada i, acostant-se als botons de l'ascensor, va fer el que havia demanat a la Clara: va tocar el número dos.

84
Neteja

Treure el geni: enrabiar-se.

La Maria estava farta que els diumenges li fessin netejar la pols. Per què diantre ella sí i el seu germà petit no? Els pares li explicaven que el germà era massa petit, encara, i que si el posaven a treure la pols l'única cosa que aconseguirien és una trencadissa. A ella no li semblava un argument de pes i continuava queixant-se.

Així que, rabiosa i rebel, la Maria es va passar tota aquella setmana pensant una estratègia per evitar una injustícia que clamava al cel. I la va trobar o, com a mínim, això va pensar ella quan se li va acudir la gran idea que la salvaria de l'ordre invariable dels diumenges al matí.

Es va aixecar, com sempre, cap a les onze, després que la seva mare la cridés quinze o vint vegades. Va esmorzar amb tota la calma i quan la mare li va dir que ja sabia el que li tocava, va somriure conforme i va assentir amb el cap, reacció que va sorprendre la família perquè era molt poc habitual.

La Maria se'n va anar cap al menjador, va treure la tetera de plata que havia pertangut a l'àvia i hi va començar a passar el drap de la pols un cop i un altre. Hi tirava l'alè, hi passava el drap, es mirava la cara reflectida en el metall i hi tornava.

Al cap d'una estona, la seva mare va entrar al menjador i va veure la Maria concentrada en la tasca enllustradora. Li va dir:

–Si continues fregant la tetera, **trauràs el geni**.

La Maria se la va mirar intrigada. La mare va continuar:

–No pas el geni de la tetera, filla. Em refereixo al meu, i ja saps de quina mena el gasto, oi?

85
Dentista de l'infern

Treure foc pels queixals: estar molt enfadat, indignat.

Ser el dimoni pot arribar a ser una autèntica contrarietat. Per exemple, en el cas que et facin mal les dents.

Eren les festes de Nadal i el diable va considerar oportú comprar una bona remesa de torrons per convidar tothom a pecar de golafreria. Li agradaven especialment, aquelles dates, perquè la gent feia excessos de tota mena. A l'infern era fàcil aconseguir-ho: gairebé tothom practicava l'esport del vici.

El que no sabia el dimoni és que, aquell Nadal, tots els torrons els havien preparat els àngels. I tampoc no havia decidit que els tastaria. Però ho va fer. I ja no va poder frenar. De fet, se'ls va menjar tots ell sol. No en va deixar ni una engruna per a ningú més. Ni per a la seva família. Res de res.

Una setmana després, el dimoni tenia la boca feta pols. Les dents li pudien, li queien, el molestaven, el torturaven. No el deixaven pensar, no li permetien dormir, el tenien absolutament desesperat. No li va quedar més remei que anar a un dels molts dentistes que havien anat a parar a l'infern. (Ja se sap que els dentistes, que fan mal a gairebé tothom, acaben els seus dies a l'infern.)

Com dèiem, però, ser el dimoni pot arribar a ser una autèntica contrarietat. Ja estava assegut a la cadira de la consulta, amb la boca oberta i disposat a ser atès. El dentista el va mirar amb por i respecte. Va posar en marxa el torn. En aquell instant, el diable, espantat com un nen, **va treure foc pels queixals**, per defensar-se. Cap professional no se li va poder acostar i, des de llavors, a l'infern se senten crits esgarrifosos: són els del diable, que es lamenta pel dolor.

86
Desembre

Treure les castanyes del foc: ajudar a superar un problema, fent-se'n responsable si cal.

La tieta Teresina convidava la família cada mes de desembre, pels volts de Nadal, amb la intenció d'explicar-los algunes de les històries que recordava de la seva joventut. En general, tothom s'avorria força, perquè, a més a més, les anècdotes es repetien any rere any i ni tan sols els quedava el factor sorpresa.

Aquell cop, al contrari, la tieta va començar per un record desconegut. La Patrícia i la Camil·la, que sempre intentaven escapar-se d'aquelles visites, van escoltar amb atenció:

«Eren èpoques difícils i la meva mare, vídua de feia poc, temia perdre els pocs diners que havia aconseguit reunir, raó per la qual va decidir fer algun tipus d'inversió que no perdés valor amb el temps. No en tenia prou per comprar immobles, o sigui que es va decidir per l'or. En va comprar uns quants grams, en lingots petitíssims. I quan va arribar a casa es va adonar que hi havia un greu problema en què no havia pensat: on podia amagar el seu tresor? No va consultar amb ningú. Corria el mes de novembre, feia fred. Escassejaven gairebé tots els aliments, però el que no faltava mai al poble eren les castanyes. Se li va ocórrer buidar-ne unes quantes i posar-hi a dins la seva nova adquisició. Les va marcar amb un senyal fàcil de reconèixer i es va sentir orgullosa de la pensada. L'endemà, quan va arribar a casa, ja al vespre, va veure que els seus fills cremaven unes quantes castanyes a la llar. Esverada, va anar fins a la cuina i va comprovar que en faltaven unes quantes de les que duien el senyal. Va tornar a la sala i, enfurismada, va cridar: "De pressa, **traieu les castanyes del foc!**"»

Aquell dia, la família va entendre perfectament d'on provenien les famoses idees absurdes de la tieta Teresina.

87

Un conte per dormir de l'àvia de la Lola

Treure's la son de les orelles: espavilar-se.

Hi havia una vegada una nena que es deia Lola. Era molt guapa i molt llesta, però també una mica entremaliada. No hi havia dia que no trobés la manera de ficar-se en algun embolic.

Una nit, quan a casa seva ja dormia tothom, la Lola es va aixecar d'amagat i, en absolut silenci, va sortir al carrer per buscar el gosset perdut que havia vist aquell matí pel barri. Havia demanat permís per portar-lo a viure amb ella, havia insistit sense desmai, però no va haver-hi manera de convèncer els pares. Ja tenien dos gats, un hàmster, un conill i un canari.

No va haver de caminar gaire, per ensopegar amb ell. Era negre, petit, pelut, enjogassat i afectuós. Va seguir la Lola tan bon punt ella el va cridar.

El va amagar a la seva habitació i li va dir que no se li acudís bordar ni fer cap mena de soroll. El problema és que en Tim (que és el nom que la Lola va posar al quisso) no entenia el que li deia i, com és natural en un animal, i més encara quan té gana, va començar a queixar-se, primer en un to més aviat fluix, però després amb un volum preocupant que, si la Lola no aconseguia fer baixar, despertaria tothom. Què havia de fer? L'havia d'obligar a dormir?

La Lola va recordar que la seva àvia sempre li havia assegurat que la son venia de les orelles i que, si es tapaven, la son tornava cap a dins i adormia l'amo. Sense pensar-s'ho, doncs, la Lola **es va treure la son de les orelles**, la va agafar amb les seves mans petites, la va abocar a les orelles de la seva nova mascota i les hi va tapar. En Tim va caure adormit en aquell mateix instant. La Lola, en canvi, no va poder aclucar l'ull.

88
Nit de feina

Trobar pèls als ous: criticar.

Aquella nit i matinada, els pares de la Lisa treballaven sense descans a la pastisseria. L'endemà era la festa de Pasqua i encara havien de preparar els encàrrecs d'un munt de clients. Els seus dolços tenien molt d'èxit, no només per la qualitat, sinó també per l'originalitat de la decoració, sempre espectacular.

Tenien llestes les mones amb tot un seguit de figures d'una xocolata deliciosa i de diferents colors: blanca, negra i amb llet.

Aquell cop, però, les coses no anirien pas com sempre. La Lisa volia demanar disculpes als companys per les moltes vegades que havia ficat els peus a la galleda i, per compensar-los, els va convidar a visitar la pastisseria just la matinada prèvia a la Pasqua, quan el forn estava ple de mercaderia exquisida. Podrien menjar tant com volguessin. Els seus pares eren uns exagerats i sempre en feien massa. Com és natural, els companys van acceptar de bon grat i, tal com els va indicar la Lisa, a les sis de la matinada estaven a la cantonada de la botiga, tot esperant el senyal acordat, que ella els faria tan bon punt els pares es retiressin a descansar una estona. Obrien a les nou.

Les coses van anar com estava previst: tots els companys de la Lisa es van omplir la panxa i, abans de les nou, ja eren al carrer, després d'haver-li agraït el gest i d'haver-li promès que, a partir d'aleshores, la mirarien amb uns altres ulls. Ella va quedar contenta. I aquí hauria acabat tot si no fos que, el dia següent, el telèfon de la pastisseria va sonar sense parar per rebre queixes enfurismades dels clients, que pel que es veia **havien trobat pèls als ous** de Pasqua. La Lisa no va tardar gaire a entendre que aquella era la venjança callada dels companys, que havien volgut donar-li una lliçó.

89

Accident

Veure el cel obert: trobar solució, a vegades inesperada, a un problema, a una situació difícil.

El matí de divendres, en Cecili Díaz no estava d'humor. Més aviat podríem dir que estava de mal humor, de ben segur perquè el seu equip havia passat a segona divisió, perquè la seva xicota li havia dit que el deixava i perquè el gos se li havia menjat, a la nit, els canelons que havia deixat sobre el marbre perquè es descongelessin i se'ls pogués endur a la feina.

No és d'estranyar, doncs, que arribés a l'institut amb cara de gos i poques ganes de treballar. S'ocupava de fer anar el planetari. Aquell lloc de treball li havia arribat una mica de retop però ja s'hi havia acostumat, tot i que abans havia estat un destacat enginyer espacial de la NASA. Es va situar, com sempre, a la sala des d'on es manejava la maquinària i va esperar que entrés el primer grup d'aquell matí.

La classe de tercer de l'institut Fanals feia estona que esperava a la porta. Els professors que els acompanyaven els demanaven calma, però el cert és que s'assemblaven més a un exèrcit de bàrbars que a una colla d'estudiants. Per fi, els van obrir la porta i es van asseure entre bromes, bots i crits.

El mal de cap d'en Cecili Díaz va fer acte de presència només de sentir-los. Odiava el xivarri. Va decidir que havia arribat el moment de fer servir l'artefacte que havia inventat i construït d'amagat mesos enrere: un expel·lidor de visitants molestos. Va apagar els llums i va projectar el cel a la volta del sostre. A continuació va fer que s'esquerdés pel mig. Els alumnes van tenir temps de **veure el cel obert** només un instant. Just després sortien disparats en les seves butaques i aterraven astorats al carrer. El cas va sortir als diaris i en Cecili Díaz va arrodonir el seu mal dia: el van despatxar.

90 Amics llunyans

Viure a la lluna: ignorar el que tothom sap, ser molt despistat.

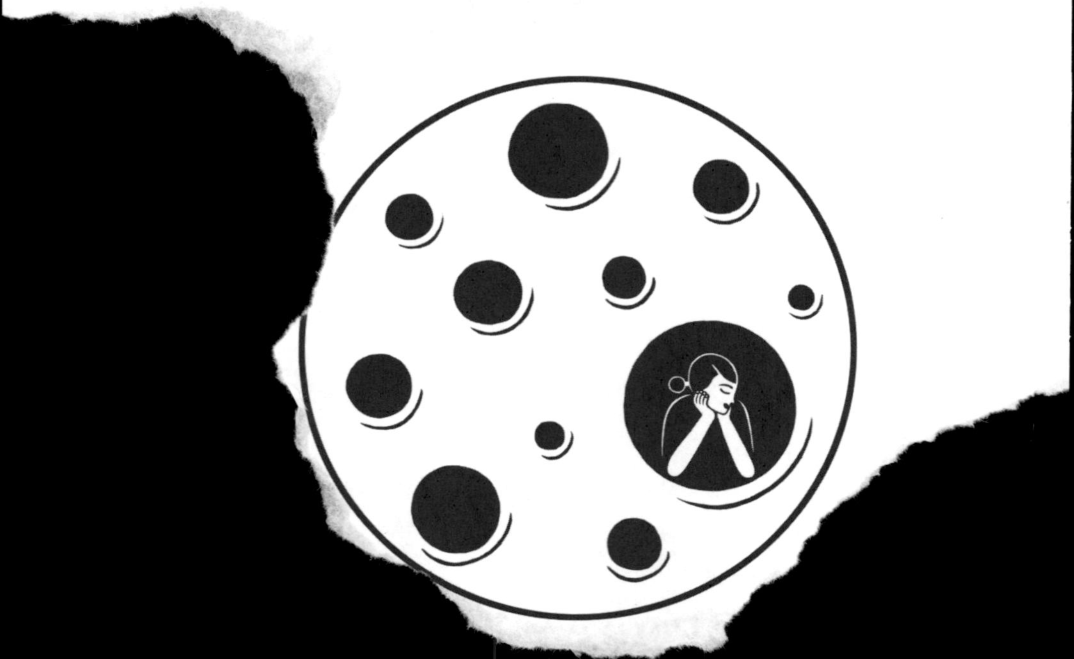

En Max s'havia fet amic de la Selene durant un curs per dibuixar còmics que havien fet al centre cívic del barri. La va veure i en va quedar enamorat. Era alta, bruna, caminava amb elegància i tenia una veu molt especial, greu, i un accent difícil d'identificar. Quan en Max li va preguntar d'on era, la Selene va contestar que venia de molt lluny i que, probablement, si l'hi deia no la creuria.

En Max no va parlar de la Selene a ningú, tal com ella li va demanar. Li va assegurar que era millor que no s'assabentessin de la seva amistat. De fet, intentava quedar amb ell en llocs tancats, sempre de dia. I si per casualitat se'ls feia de nit i anaven pel carrer, avançava de pressa, mirant cap a dalt, com si pensés que algú la vigilava.

Un dia al vespre, un noi molt similar a la Selene esperava en Max a la porta de l'institut. Quan el va veure se li va acostar i li va entregar un sobre. Li va indicar que no l'obrís fins que arribés a casa, que era de la Selene. En Max va voler saber qui era aquell noi, però quan va anar per preguntar-li ja s'havia fet fonedís.

Impacient i preocupat, en Max va anar de pressa cap a casa. En arribar-hi, es va tancar a l'habitació, es va asseure al llit i va obrir el sobre. A dins hi havia una carta escrita a mà, amb una lletra punxeguda i petita, on la Selene li explicava que havia hagut de marxar per sempre més, que lamentava molt no haver-se acomiadat en persona, però que li havia estat impossible perquè la franja de sortida de la Terra s'havia presentat sense avís. Després li explicava que **vivia a la lluna**, que allà era on havia nascut. I per acabar li deia que el trobaria a faltar i que, a partir d'aleshores, totes les revetlles de Sant Joan, a mitjanit, miraria cap al seu planeta i li enviaria un petó.

91
Conseqüències

Xiular les orelles: sospitar que malparlen de tu en absència teva.

L'hi havien dit moltes vegades. Moltes és poc: moltíssimes. Sobretot el seu pare: «Clara, quantes vegades vols que t'ho digui? Mira que sóc metge i sé de què parlo. Et quedaràs sorda si segueixes fent servir l'mp3 a aquest volum. Que no veus que se sent la música des de lluny? Els auriculars acaben fent malbé l'oïda.»

Més d'un cop li havia creat problemes a classe: «Clara, vols fer el favor de treure't els auriculars? Quin escàndol i quina falta de respecte!»

Algun conductor li havia cridat: «Nena, mira per on vas, que no veus que és perillós això que fas d'anar amb la música a tota pastilla?»

Finalment, va ser la mare qui va prendre una determinació dràstica: li va confiscar l'aparell. «No el recuperaràs fins que no prometis que el faràs servir amb coneixement.»

Teòricament, havien acabat els problemes. Però res més lluny de la veritat. Acabaven de començar.

El primer cop va ser a classe d'història. Feien un examen. De cop i volta, la Patins va preguntar: «Qui ha estat?» No va contestar ningú, però tothom mirava la Clara. La vegada següent, a classe de matemàtiques, va quedar clar que el soroll provenia d'ella i que no el podia evitar. Li **xiulaven les orelles**. Quan volien. No era decisió d'ella. De cop i volta començaven a sonar amb un to agut i molest, com d'ungla que ratlla una superfície metàl·lica. Al carrer la seguien els gossos, que es pensaven que els havia cridat, i es giraven els nois, convençuts que els havia tirat una floreta.

Va haver de posar-s'hi taps durant força temps. I va decidir que no tornaria a fer servir auriculars. Per xiular, millor amb els llavis i a voluntat.

Índex